Vtuberってめんどくせぇ!
Vチューバーッテメンドクセエ!
「マジで、Vtuberってめんどくせぇ……!!」

「面倒くせえんだよ、てめえら」

「やっぱり……Vtuberって、
めんどくせえええええええっっ!!」

Vtuberってめんどくせえ!

烏丸 英

FB
ファミ通文庫

Vtuberってめんどくせえ！

烏丸 英 | Ei Karasuma

Contents 目次

illustration みこフライ

デビュー早々から
お前も大変だな、おい

4　初手、大炎上

「う～わ、なんか凄い勢いで炎上してるんすけど……？」

一向に収まる気配が見えないアンチコメントを仕事用のスマートフォンで見ながら、阿久津零は心底嫌気が差した表情でそう漏らした。零は口の端を吊り上げながら、この状況を確認しているであろう所属事務所の社長へと視線を向けた。

今、乗りに乗っているVtuber事務所【CRE8】のCEOであり、零の叔母でもある星野薫子は、カラカラと快活に笑いながら愉快そうに甥へとこう言葉を返す。

「いいじゃないか！　炎上するってことは、それだけ注目を浴びてるってことだろう？　確かに幸先の良いスタートとはいえないかもしれないけど、知名度を上げるってことに関しては大成功してるじゃないか」

「いや～……俺、Vtuberに詳しいわけじゃないけど、配信初日からここまで燃え上がってる奴って間違いなく史上最大規模ですよね？　下手するとこのまま灰になるまで燃やし尽くされちゃいますよね？」

「大丈夫だって！　所詮は一過性の炎上。零には後ろめたいことなんてないんだから、どっしり構えてなよ！」

「どっしり、って言われてもなぁ……」

　薫子からのアドバイスにため息をつきつつ、スマホの画面へと視線を戻す零。

　この一分にも満たない会話の間にも、次々と送られてきていたコメントを目にした彼は、それを声に出して読み上げていった。

「【今すぐ引退しろ、ゴミ】【百合の間に挟まる奴は死刑】【CRE8に男なんていらない】【とりあえず死ね、話はそれからだ】……見事にアンチコメントばっかりなんですけど？」

「よく見てみなよ。【初配信面白かったです！】って好意的なコメントも寄せられてるじゃないか！」

「その後に【引退配信はいつですか？　楽しみにしてます！】って続いてますけどね！　こいつ、上げて落とす分、他の奴らよりタチが悪いっすよ⁉　っていうか、どこをどう探しても好意的なコメントが見つからないんですが？　なんだぁ？　世の中の連中は全員、俺の敵なのか？」

「味方がゼロからの始まり、逆境からのスタート……う～ん、いいね！　男の子なら、燃えるものがあるんじゃない？」

「ええ、燃えてますよ。今現在、こんがり黒焦げになるほどの大炎上の真っ最中です。いつになったら燃料の投下が終わるんすかね？」

「あっはっは、なかなか面白い返しだ！　やっぱり零には配信者としての才能があるよ」

「……社長にほめてもらえて嬉しいですよ。本当にね」

どこまでも能天気に語る叔母の姿にうんざりしたように再びため息をついた後、社長室にある豪華なソファーへと崩れ落ちた零は皮肉交じりの言葉を漏らす。

そんな彼の様子にふんふんと鼻を鳴らした後……椅子から立ち上がった薫子は、都会のネオンが煌く夜景を見つめながら言った。

「……損な役回りを押し付けて申し訳ないと思ってるよ。だけど、男性タレントの存在は、この事務所を大きくするために必要なことだ。かわいい女の子を集めて配信させるだけで生き抜けるほど、Ｖｔｕｂｅｒ業界も甘くない。多少の痛みを支払っても、次に繋がる投資をしておかなくちゃ、ね……」

「………」

薫子のその言葉に、零は黙って俯く。

彼女がＳＮＳの公式アカウントに寄せられるアンチコメントに対しての処理やその他

諸々手回しをしていることは、零も知っていた。

炎上の矢面に立っているのは自分だが、彼女もそれと同じくらいの苦労を背負っていることを理解している零は、薫子と顔を合わせないまま小さな声で呟くようにして、言う。

「……行き場のない俺に居場所を作ってくれたって恩がありますから、できる限りのことはしますよ。そもそも、この会社を辞めたところで、何ができるんだって話ですしね」

「ありがとう、零。苦労をかけるねぇ……」

その言葉を聞いて少し疲れた様子の薫子の顔を見た零は、すぐにそっと視線をそらす。

別に彼女のやることに文句があるわけではないが、この改革に本当にやる価値があるのかという疑問は拭い去れてはいない。

女性のＶｔｕｂｅｒタレントだけを擁していて、経営が上手くいっている事務所なんてざらにある。

今、十分に成功を収めているはずの【ＣＲＥ８】が、ここまでのリスクを背負ってまで男性タレントの所属を決断する必要が本当にあったのだろうか？

無言のまま、配信用のアプリを起動した零は、そこに表示されたもう一人の自分と視線を合わせる。

短く切り揃えられた黒い髪に赤いメッシュ。

やや鋭い目つきと細身の顔は零の特徴と酷似していて、多少の美化はされているものの決して自分と彼が大きくかけ離れた存在だというわけではないと零は思っていた。

白のＴシャツにファー付きの黒いジャケットを合わせ、暗めのグレーカラーのジーンズというシンプルな服装。

それに手首に蛇を思わせるブレスレットを装着しているだけの、比較的シンプルな男性キャラクターの名は『蛇道枢』……Ｖｔｕｂｅｒとして活動する際に零が使用する、もう一つの彼の姿だ。

「デビュー早々から死ねだの引退しろだの……お前も大変だな、おい」

自嘲気味に、自分の分身へと語り掛ける零の口元には、この状況に対する諦めを感じる気怠い笑みが浮かんでいる。

生きるために、恩に報いるために、この活動を続けていかなければならないということは重々承知していた。

だが、しかし……何か問題を起こしたわけでもないのに、こうして心無い言葉を浴びせ続けられると、

「マジで、Ｖｔｕｂｅｒってめんどくせぇ……!!」

否定はできないかな、という遠回しな薫子からの同意の言葉を受けて、零は再び無気力な笑みを浮かべるのであった。

ＶｉｒｔｕａｌＹｏｕＴｕｂｅｒ事務所【ＣＲＥ８】。

およそ一年前に星野薫子を代表として立ち上げられたこの事務所は、半年の準備期間を経てから満を持して活動を開始した。

一期生となる所属タレントの数は事務所名にある通り八名。

それぞれが星座をモチーフとしてデザインされた美少女たちは、歌に雑談に演技にゲームにと、それぞれの得意分野を活かした配信であっという間に視聴者の心を鷲掴みにしてみせた。

それから半年の間、【ＣＲＥ８】は非常に安定した活動を続けている。

企業案件もそれなりにこなし、いくつかプチ炎上程度は経験したものの大きなバッシングを受けるような出来事もなく、ファンや視聴者から飽きられることのないように様々な活動やイベントを企画し、それを成功させてきた。

そんな新進気鋭のＶｔｕｂｅｒ事務所が満を持して二期生の募集とデビューを告知した際には、箱推し（※特定の一人ではなく、事務所所属メンバーやグループ全体を応援すること）ファンの熱は最大級の盛り上がりを見せたものだ。

新たに募集されるタレントの数は五名。

黄道十二星座プラスへびつかい座という、最もメジャーな星座をモチーフとしたキャラクターのデザインが発表されたのだが、そこで波乱が起きた。

その五名のキャラクターのうちの一名、へびつかい座をモチーフとしたキャラクター『蛇道 枢』の性別が男だと明記されていたからだ。

これまでにデビューした【CRE8】のタレントたちは全員女性。

二期生のタレントも彼を除けば全員が女性である。

箱推しファンは皆、【CRE8】は女性Vｔｕｂｅｒのみを所属させる、言わば女性アイドルグループとしての活動に方針を固めていると思っていた。

そんな中にいきなり男性タレントの存在が発表されたのだ、ファンの動揺もある意味では当然のことだろう。

十二名の美少女の中に、一人だけ男が放り込まれる。

女性タレントだけしか所属しないだろうと思っていた事務所の中に、異性である男が彼女たちと同じタレントとして活動するようになるのだ。

自分の推しである女性Vｔｕｂｅｒが同業者とはいえど男と密接に関わるということ

に難色を示すファンの数は多く、それが日常的になるとなれば彼らの反発は大いに予想できるものであった。

だが、外側の性別は男でも、それに声を当てる魂（＝配信者本人）の性別が女であるならば問題はないだろうと、まさか本当に【CRE8】が男性タレントを所属させるとは思っていなかった（というより、信じ込もうとしていた）ファンたちがそう自分自身に言い聞かせることによって、その波乱は一応の収束を見せたのだが――

『……あ、配信始まってる？　ん、んんっ……！　どうも皆さん、はじめまして。この度、【CRE8】の二期生Ｖｔｕｂｅｒとしてデビューすることになった、蛇道枢です』

――そんな、当たり障りのない第一声を発した枢こと零の声を聞いた瞬間、ファンたちは大きな失望と怒りに駆られることとなった。

その声はどこからどう聞いても男のものとしか思えず、蛇道枢の魂となる人物が男性であるということが明確になったからだ。

元々、蛇道枢のデビューは前々からの騒動だったこともあり、Ｖｔｕｂｅｒ界隈からは大きな注目を集めていた。

【CRE8】のファンだけでなく、他事務所や個人勢などのＶｔｕｂｅｒファンたちが見守る中で衝撃的（零本人はそうとは思っていなかった）なデビューを果たしてしまった蛇道枢は、初配信から嫉妬と怒りの炎を燃え上がらせた【ＣＲＥ８】所属Ｖｔｕｂｅｒファンからの盛大なブーイングを受ける羽目になってしまったのである。

ガチ恋勢、ユニコーン（が処女を好む性質から転じて相手に過度な「純潔」「貞淑」を求める人たちのこと）と呼ばれる熱狂的なファンを中心に、【ＣＲＥ８】のためを思ってという正義厨やただ騒ぎを楽しみたいという無責任なＶｔｕｂｅｒファンたちが加わり、更にそこにＶ界隈全体のアンチも加わることで、僅か一日も経たずして蛇道枢の引退を求める根強いアンチ集団が結成されてしまった。

各種ＳＮＳや配信のコメント欄は常に地獄。更には枢だけでなく他のＶｔｕｂｅｒの配信でもアンチたちが枢の名前を出して引退を求めたことで、推しの配信を荒らされたファンたちが激怒。

こんなことになるのならば元凶は排除すべきだという意見が【ＣＲＥ８】のファン界隈に広がっていき、一過性の炎上で収まるかと思われた蛇道枢に対するバッシングは、デビューから二週間経った今でも続いている。

だがしかし、そんな状況でも事務所に所属するバーチャルタレントとして活動を止めるわけにはいかない零は、蛇道枢として山のように浴びせられる罵詈雑言に耐えながら、毎日の配信を行っていた。

不祥事を起こしたわけでもないのに史上類を見ない大炎上をかましている蛇道枢の存在に興味を覚えた者や、この逆境にも負けずに活動を続ける姿勢を感心した者がファンになってくれたという良いニュースもあるが、彼らの声が零に届かなくなるくらいのアンチコメントが寄せられるというのが、蛇道枢の配信の現状だ。

初配信以降、常に低評価が高評価を上回り、コメント欄は文字通りの地獄絵図。

同期たちが数万人のチャンネル登録者を得て、中には収益化の認可が下りたタレントもいる中、蛇道枢のチャンネル登録者の数は僅か三千名という有様。

実績もなく、魅力もなく、存在そのものを望まれてもいない蛇道枢の存在はむしろ悪影響にしかならないと、彼を燃やすアンチたちはSNSでしたり顔で語り続けている。

『CRE8の忌み子』などという不名誉なあだ名を付けられ、日に日に立場が悪くなっていく状況ではあるが……その渦中にあるはずの零は、意外なまでに落ち着いた状態で活動を続けていた。

「おーおー、今日もご苦労なことで……」

仕事用スマートフォンを手に、SNSに送られてくるコメントを眺めた零が他人事のように呟く。

『とっとと消えろ』『推しと関わったら殺す』などといった刺激的なメッセージを確認することにも既に慣れて何も感じなくなってしまっていた彼は、一通りの確認を終えてからスマホをキッチンに置くと、コンロに置いてあるカレーの入った鍋のふたを開け、鼻歌交じりに中身をかき混ぜていった。

「ふんふん、ふふんふ～ん……」

焦げ付いた感じもなく、出来上がりは上々。

一晩置いたから味も良い感じに熟成されているだろうと思いながら、一人で食べるには随分と量の多いそれの仕上げにかかる。

用意されている皿は二人分。

一つは勿論零のものであり、もう一つはそろそろこの部屋を訪れる薫子のために用意したものだ。

ここは、【CRE8】に所属するスタッフに用意された社員寮。

さほど大きな建物ではないが、なかなかに設備の揃ったマンションが社員たちのために割り当てられている。

料理のためのキッチンや風呂トイレ等の水回り、更には防音室も用意されているということもあって、Vtuberタレントの中にはこの寮で生活を送る者も少なくないらしい。

らしい、というのは零が未だに自分以外のVtuberと顔を合わせていないことに起因し、噂は聞いているが実際に見たことはないので断定できていないからである……という情報はまあ、今はどうでもいいだろう。

とにかく、零は【ＣＲＥ８】事務所の近くにあるこの寮に住んでいて、今は打ち合わせがてら昼食をとりに来る薫子を部屋で待っているという状況だ。

忙しい日々を送る彼女のためにと栄養のある昼食を用意している零であったが、調理中にふと『カレーをランチで食べた薫子が文字通りのカレー臭を漂わせることになったらマズいかもしれないな』という懸念を抱く。

だが、もうここまで用意してしまったし、彼女もカレーは好物なのだから別に構わないだろうと、一種の開き直りと共に昼食の準備を進めていると、部屋のチャイムがピンポンという軽快な音を鳴らして来客を告げた。

「はいは～い、今出ますよ～」

コンロの火を止め、ばたばたと玄関へと向かう零。

なんだか夫の帰りを待っている専業主婦のようだなと思い、このまま炎上が収まらなかったら薫子の家で主夫として雇ってもらうことも検討しようかな――などと考えつつ玄関のドアを開けた彼は、そこに立っているであろう薫子へと声をかけたのだが……？

「早かったっすね。薫子さんが時間通りに来ることなんて、滅多に、ない……？」

「あ、あの、ど、どうも……」

遅刻魔である薫子が約束の時間よりも早く部屋に来るだなんて奇跡だとからかいの文句を口にした零は、返ってきた声が明らかに彼女のものでないことに気付いて眉をひそめる。

よくよくドアの向こう側を見てみれば、そこには小学生か中学生くらいとしか思えない、身長の低い女の子が立っているではないか。

おどおどとした様子を見せるその少女は、長めの前髪で目を隠しているため感情と表情が読み取りにくい。

しかし、その声と雰囲気から彼女が緊張していることは明らかで、初対面の零とどう話せばいいのかがわからなくて困っている様子だ。

「……どちら様で？　【CRE8】のスタッフさん？」

「あ！　ひゃ、ひゃいっ！　そうでしゅ！　じゃなくて、そうです！」

びくんっ、と小動物のように体を跳ね上げ、噛み噛みの口調で零の質問に答える少女。

社員寮にいるのだからほぼ間違いなく事務所のスタッフなのだろうとはわかっていた

が、問題はその続きの言葉が彼女の口から出てこないところだ。

何の用で零の部屋に来たのか、少女自身の名前は何なのか、そういった話を何もせず、ただびくびくとしているだけの彼女に訝し気な視線を向けていると……。

「お待たせ～！　おっ、有栖も今来たところ？　ナイスタイミングじゃん！」

「しゃ、社長……！」

少女の背後から姿を現した薫子が、いつも通りの陽気な声を出しながら自分たちへと話しかけてきた。

有栖、と呼ばれた少女が驚きと安堵を入り交ぜた声を漏らす中、視線を零へと向けた薫子は玄関の向こう側から漂ってくるカレーの匂いに鼻をひくひくさせると笑みを浮かべながら言う。

「とりあえず、中に入らせてくれない？　私、もうお腹ぺこぺこでさ～！　つもる話はご飯食べながらする、ってことで！」

「どうぞ、お口に合うかはわかりませんが……」

「あ、あ、ありがとう、ございます……」

三分後、食器をもう一つ増やした零は、それに盛りつけたカレーを有栖と呼ばれた少女へと手渡しながら、未だに彼女との距離感に悩んでいた。

ここまで一切の説明もされず、彼女が何者であるかもわからないでいる零が食卓に着くと同時に、ほくほく顔の薫子が元気いっぱいの挨拶を口にする。

「では、いっただっきまーす！　ん〜、やっぱ零は料理上手だね〜！　いつ食べても美味しいよ！」

「あ、うっす。ありがとうございます。初めて無水カレーに挑戦してみたんでちょっと出来上がりに不安があったんですけど、美味しいって言ってもらえて安心しました」

「へぇ、そうなんだ！　道理でいつもと味が違うと思った！　でも、美味しいのは変わらないね！　有栖もそう思うでしょ？」

「ぴぇっ⁉　あ、そ、そうですね。おおお、美味しいと、思い、ます……」

急に話を振られ、またも小動物のように椅子に座った状態で大きく跳び上がりながらも薫子の質問に答える有栖。

そんな彼女の様子を見た零は、これはどういうことだと視線で薫子へと質問を投げかける。

「……ふう。さてと、そろそろ打ち合わせをしておこうか。有栖、こいつは私の甥で、あんたと同じ二期生Ｖｔｕｂｅｒである『蛇道枢』の魂を担当してる阿久津零だ」

「こ、この人が、あの……？」

薫子の口から紹介を受け、少し落ち着きを取り戻した有栖が零へと視線を向けてくる。

こちらが彼女の方を見返すと、びくっと体を震わせて顔をそらしてしまうところを見るに、未だに警戒心が緩んではいないのだろう。

まあ、あれだけ炎上やら悪評やらで有名になってしまった自分の正体を知ればそれも当然の話か……と思いつつ、薫子へと視線を戻した零は、先の彼女の言葉の中で引っかかった部分について尋ねてみた。

「薫子さん、さっきこの子に、『あんたと同じ二期生』って紹介しましたよね？　ってことは――」

「ああ、そうだよ。この子の名前は入江有栖……【CRE8】所属二期生Vtuberタレント、『羊坂芽衣』の中の人さ。つまりは、あんたたちは同期の同僚ってことになるね」

「は、はじめ、まして……入江有栖、です。自己紹介が遅くなって、すいません……」

「あ、どうも……阿久津零です。どうぞよろしく」

そう改めて有栖を紹介された零が再び彼女へと視線を向ければ、今度は精一杯の勇気を振り絞った有栖がか細い声で自己紹介をしてくれた。

やはり前髪で目が隠れているので目を合わせていると言っていいのかはわからないが、とにかく自己紹介を行い、互いの名前を知れたことで関係性は一歩前に進んだ――と思いつつ零は薫子へと目を向ける。

どうしてこのタイミングで、同期である有栖と自分を引き合わせたのか？

再び、声ではなく視線で質問を投げかけてみれば、お行儀悪くカレースプーンを一回転させた薫子は、ニヤリと笑ってから信じられないことを言ってのけた。

「零、有栖、あんたたち、二人でコラボ配信をしな！」

「コラボ、配信……？　え、ええっ⁉」

突拍子もないことを言い出した薫子の言葉に、驚きを隠せない零。

大声を出してしまった彼に向け、薫子はテーブルの上に身を乗り出すようにして語り掛ける。

「いきなりの発表で悪かったね。でも、今のあんたたちには必要なテコ入れかな～、って」

「な、なんすか、それ？　どうしてそんなことになったんですか？」

動揺を隠し切れず、一度水を飲んで心を落ち着かせた後で零がそんな質問を投げかけてみれば、椅子へともたれかかった薫子がこんな答えを返してきた。

「なに、あんたは言わずもがなだけど、こっちの羊坂芽衣こと有栖にもそこそこ問題があってね。見ての通り、この子は緊張しいで、配信で上手く話ができないんだよ。ほめられるのも慣れてないし、一度パニックになるとしっちゃかめっちゃかになる。それがかわいいって言ってくれるファンのおかげでどうにかなってるけど、今後のことを考えるとこのあがり症をどうにかしておきたいっていうのが本人の希望でね……」

「それはまあわかりましたけど、どうしてその解決方法が俺とのコラボなんですか？」

あがり症を克服したいという気持ちはわかる。だが、どうしてそのために蛇道枢こと自分とのコラボが必要なのだろうか？

今現在、大絶賛炎上中の自分が、女性Ｖｔｕｂｅｒと絡むというのはハードルが高い。それも、二人きりとなればなおさらの話だろう。

こういう場合って、最初は同性の同業者と絡んで、徐々にステップアップしていくものではないのだろうか？

どうしていきなりベリーハードを超えたナイトメアモードの難題に挑戦させるのかという零の疑問に対して、薫子は笑顔でこう答える。

「そりゃあ、超えるべきハードルは高い方がいいだろう？　成功すれば普通にいい経験になるし、失敗してもあの時よりはマシだっていう度胸が付くじゃないか！」

「ああ、さいですか……」

要するに自分は生贄なのかと、ひきつった笑みを浮かべながら答える雫。

確かにまあ、大火事どころか大噴火中の自分とのコラボを経験すれば、ちょっとやそっとじゃ気が動転しなくなるくらいの度胸は付くかもしれない。

その代わり、自分は新たな燃料が投下されて更に炎上する羽目になると思うが……という雫の心配を笑い飛ばすかのように、快活な笑みを浮かべた薫子が、大声で彼へと言う。

「大丈夫！　ここでばっちり有栖をフォローすれば、ファンたちのあんたを見る目も変わるって‼　ピンチはチャンス、ってことでさ！　いっちょやってみなよ！」

「まあ、俺は別に構わないですけど……」

一応、薫子の提案を了承しながら、雫はちらりと横目で有栖を見やる。

炎上に炎上を重ねた今、自分はもはや無敵の人とでもいうべき存在になっているから何も怖いものはないが、そんな自分とコラボして彼女は大丈夫なのだろうか？

あがり症の克服は必要かもしれないが、そのためにこんな危険な博打に出る必要なんてないのでは……と、考えていた雫であったが、その耳にははっきりとした有栖の声が響く。

「わ、私……！　やってみたい、です。蛇道さんとのコラボ配信、やります!!」

それは、意外なまでに強く言い切った賛同の言葉だった。

これまでずっとおどおどして、自分と目を合わせることすらしなかった有栖が、ここまできっぱりとコラボ配信に対する賛成の弁を述べたことに驚く零に向け、ややためらいがちにこちらを向いた彼女は、震える声で言う。

「あ、あの……ご迷惑をお掛けするかもしれませんが、どうかよろしくお願いします！　私、精一杯頑張りますから!!」

『羊坂芽衣』……引っ込み思案で大人しい、十八歳の女の子。臆病な自分を変えたいと思い、Ｖｔｕｂｅｒとしてデビューすることを決意した。

「へぇ、そんな設定なのか。っていうか、結構あの子に似てるな……」

【ＣＲＥ８】の公式ホームページにある所属タレント紹介ページを確認していた零は、そこに記載されている羊坂芽衣のプロフィールと画像を見てそんな感想を漏らす。

羊を思わせるもこもことした白い衣服を纏った小柄な少女のキャラクター立ち絵は、中の人である有栖の姿とよく似ていた。

違いを挙げるとするならば、髪の毛の色が衣類に合わせるためなのか金色になっていることや、目の辺りを隠す前髪が切られていることくらいだろう。

薫子がＶｔｕｂｅｒを作る時は、担当する人物の容姿に合わせてキャラクターデザインを行うのかもしれないな……と思いつつ、羊坂芽衣と同じページに記載されている自分の分身こと蛇道枢の姿を見た零は、大きなため息を吐くと共に自嘲気味な笑みを浮かべる。

「本当に大丈夫なのかねぇ……？」

片や、引っ込み思案な性格が保護欲をそそり、男性ファンたちから強い支持を受ける美少女Ｖｔｕｂｅｒ。

片や、女性だらけの事務所に所属することになったというだけで大炎上し、今なおその炎が収まる気配のない男のＶｔｕｂｅｒ。

コミュ障と炎上真っ只中という、それぞれに問題を抱えたタレント同士のコラボは、正に何が起きるかわからない危険な核融合といっても過言ではない。

下手をすれば、共倒れになる可能性も十分にある……と、零が不安を抱える中、使っているＰＣからぴろんっ、という小気味の良い音が響く。

それが連絡用アプリの通知音であることに気付いた零が対象のアプリを開いてみると、先日、連絡先を交換したばかりの有栖からメッセージと共に数枚の画像が添付されたフアイルが送られてきていた。

【私の立ち絵です。コラボ配信の時に使ってください。それと、配信用のサムネイルを作ってみたんですが、こんな感じで大丈夫でしょうか？】

透過済みの羊坂芽衣の立ち絵が、表情差分と共にずらり。

笑い顔、焦り顔、驚きの表情といったそれらと共に、サムネイルとして有栖が用意した画像を確認した零の口元がニヤリと歪む。

「ふはっ！　いいじゃん、これ……！」

既にこちらは、必要になるかと思って蛇道枢の立ち絵を提供していたが……その中でも、猛烈に涙を流しているギャグ立ち絵を利用したサムネイルを有栖は作り上げていた。

背景を燃え盛る炎にし、その前面に涙を流す蛇道枢の立ち絵を左側に。

渦巻き状のどんよりとした絵をバックに、慌てに慌てている表情の羊坂芽衣の立ち絵を右側に。

明らかに問題だらけの自分たち二人をメインにしながら、そのド真ん中に『炎上芸人とコミュ障、禁断のコラボ』という煽り文句を並べたその画像は、わかりやすさと面白さを十分にあわせ持った有栖のセンスを感じさせる出来だと零は思う。

自虐気味で卑屈になりながらも、それを嫌味に感じさせない軽さのおかげでついつい

炎上芸人
禁断
コミュ障
コラボ

ふき出してしまうような面白味を感じた零は、素直にそのサムネイルの出来を賞賛(しょうさん)する返事を有栖へと送った。

【いいと思います。これ、使わせてもらっていいっすか？】

【はい‼　勿論です！　ほめてもらえて良かった‼】

返信から数秒待たずして、有栖からのメッセージが飛んでくる。

どうやら、こうして顔を合わせずに文字だけのやり取りをするだけならば彼女は緊張しないようだ――

と、初対面の際の人見知りっぷりを感じさせない有栖の反応に安堵した零は、続けて送られてきた彼女からのメッセージへと視線を向け、それを確認していった。

【配信内容は普通の雑談……で大丈夫ですよね？　事前にお便りを募集しておいて、それに答える感じの】

【はい、大丈夫です。あんまりひねったことはせず、台本や流れを作れる内容にしておきましょう】

【わかりました！　それじゃあ、お便り募集用のフォーラムを作って、私がSNSで呟いておきますすね！】

コラボ配信の内容についての確認と、それに対しての動きについて語る有栖。

思ったよりもコラボに意欲を見せ、そのための準備にも積極的に手を出す彼女の反応に意外さを感じる零であったが、その様子にどこか微笑ましさのようなものも感じていた。

【怖くないんですか？　俺、大絶賛炎上中のＶｔｕｂｅｒですよ？】

ふと、コラボをしたいと彼女が言った時から抱えていた疑問が浮かび上がってきた零は、この絶好の機会に有栖へとその疑問をぶつけてみた。

ややあって、自分の考えを纏めるために時間を費やしたであろう有栖から、こんな返答がメッセージとして送られてくる。

【全く怖くない、って言えば嘘になると思います。でも、お話ししてみた感じ、阿久津さんが悪い人とは思えませんでしたし……それにどのみち、一週間後には二期生コラボがあって、そこで関わることになるので。だったら、慣れるためにも先にやっちゃおうかな、って……】

その返答に、なるほどなと一人で納得する零。

確かに彼女の言う通り、約一週間後には【ＣＲＥ８】二期生が一堂に会してクラフトゲームをするというコラボ配信が企画されている。

まあ、炎上真っ只中の自分はそのコラボに参加することを遠慮した方がいいのかもしれないなと零は思っていたのだが、少なくとも有栖は自分と彼がそこで他の同期と絡むことになると考えているようだ。

【多分、大人数になると私、パニックになって何も喋れなくなっちゃうと思うんです。そういう時、私の性格を理解して、フォローしてくれる人が居れば助かりますし、焦った時に話を振れる相手がいると少しは落ち着けると思うので】

【まずは一対一の対話で会話に慣れつつ、大人数コラボへの耐性をつけたい。ついでに、俺とのコラボでお互いの性格を理解しておきたいと？】

【そういうことです。なんだか、利用してるみたいになっちゃってごめんなさい……】

有栖からの謝罪のメッセージに、少し困惑する零。

確かに深くまで事情を知っていれば有栖の言葉は納得なのだが、Ｖｔｕｂｅｒとしての表面的な部分を見るのなら、利用されているのはまず間違いなく彼女の方なのだ。

零が配信する蛇道枢のチャンネル登録者は現在約三千名。対して、有栖が担当する羊坂芽衣は約三万名と、およそ十倍もの差が存在している。

傍から見れば、蛇道枢の方が羊坂芽衣に擦り寄り、チャンネル登録者獲得とイメージアップを図るためにコラボを持ち掛けた――と思うのが自然な流れだ。

同期とはいえ、出だしから大コケした炎上中のＶｔｕｂｅｒにわざわざ自分から関わろうとする者はいない。

羊坂芽衣のファンからすれば、推しが危険人物（だと勝手に思っている）である蛇道枢と絡むメリットはないのだし、それを避けてほしいと願うことも当然の帰結だろう。

このコラボが大なり小なり彼らの反発を呼び、新たな炎上の火種となることは明白だ。

有栖とのコラボは自分の首を絞めることになると、零は当然理解しているのではあるが——

（こんなふうに自分からやる気を見せてくれているんだ。こっちがビビッて断るわけにはいかねえよな。）

引っ込み思案で、おどおどしていて、コミュ障である有栖が、自分と薫子にはっきりとコラボをしたいと言ってのけた時のことを思い返した零は、彼女の意志を尊重することを決めた。

このコラボにおいて、羊坂芽衣は蛇道枢よりも大きなリスクを背負うことになるだろう。

しかし、それを覚悟で自分と配信を行い、あがり症を克服したいという意志を見せた有栖の想いを、一生懸命に支えるべきだと思ったのである。

【SNSにコラボ配信の告知と、お便りの募集フォーラムを張っておきました。確認、

お願いします】

「うおっ、仕事早っ⁉　やべえ、やべえ……‼」

思っていたよりも迅速に行動する有栖に驚かされつつ、自分も彼女同様に配信の告知を自身のSNSアカウントに張り付ける零。

その作業を終えると共に、新たな通知が来たことに気が付いた彼が、またアンチコメントが届いたのかと辟易しながらそれを開いてみると……。

【羊坂芽衣【CRE8　二期生】さんからフォローされました】

「うん……？」

見覚えのあるアイコンと名前を目にして、そのアカウントの持ち主からフォローされたという通知を目にした零の耳に、PCの通知音が響く。

ゆっくりと顔を上げた彼は、有栖から送られてきたメッセージをその瞳に映した。

【それと、SNSの方もフォローさせていただきました。ご迷惑、だったでしょうか？】

そのメッセージと、フォロワーが一人増えた自身のSNSアカウントを交互に見て、状況を把握した後……零は、湧き上がってきた感激に胸を躍らせる。

キーボードを叩き、有栖へと返事を送った彼は、にやけてしまう口元を押さえながら、今度はスマートフォンを操作して羊坂芽衣のSNSアカウントにあるフォローのボタンをタップした。

【迷惑なんかじゃありませんよ。本当に、ありがとうございます】

有栖へと送ったそのメッセージは、紛れもない零の本心だった。

初めて相互フォローの相手ができたことに、同期との関わりが出来上がったことに言いようのない喜びを感じていた彼は、ダイレクトメッセージの方に送られてきた有栖からのメッセージに再び胸を躍らせる。

【コラボ配信、頑張りましょうね。これからもよろしくお願いします!】

笑顔の絵文字を貼り付けたそのメッセージを何度も読み返し、嬉しさに笑みを浮かべる。

そうした後、返事をしなければ駄目じゃないかとはっとした彼は、ああでもないこうでもないと暫し悩んだ後、結局は当たり障りのないメッセージを彼女へと送った。

【はい。頑張りましょう】

味気がなさ過ぎる、チープなメッセージ。

これじゃどっちがコミュ障かわからないなと苦笑しながら、零は来るコラボ配信に向けて、意欲を燃え上がらせるのであった。

再び、不当な炎上

「むふ、むふふふふふふふ……!!」

濡れた髪を乾かしながら、かわいらしい容姿とは裏腹な気色の悪い笑い声を浮かべる有栖。

その表情はだらしなくにやけており、鏡に映る自分自身の笑顔を見た彼女は自分自身の気味悪さに若干の絶望を抱くが、その心は実に晴れやかであった。

「相互フォロー……！　同じＶｔｕｂｅｒ、しかも同期と相互フォロー……！　や、やった……！　よくやったよ、私……!!」

つい三十分ほど前、打ち合わせの終わり間際に勇気を振り絞って行動を起こした有栖は、その果てに手に入れられた成果にこれ以上なく満足していた。

自然な流れができていたとはいえ、自分から相手のＳＮＳアカウントをフォローしてしまうなんて……と、引っ込み思案な自分からしてみれば大冒険ともいえる大胆な行動に驚愕しつつ、零がそれに応えてくれたことを彼女は素直に喜んでいる。

羊坂芽衣としての自分を求め、応援してくれるファンは多く存在しているが、零はそういった外側の自分を知る前に有栖と出会い、仲良くなってくれた。

ファンの応援もありがたいが、本当の自分を知る同業者からのフォローや、作り上げたサムネイルをほめてもらえたことを喜ぶ有栖は、ほくほく顔のままベッドに飛び込み、足をばたばたとさせる。

「相互フォローからの、コラボ配信……！　これはもう同僚ではなく、とととと、友達と呼んで差し支えないのでは？　むしろ今から、友人と名乗っても大丈夫なのでは？　いや駄目だ、落ち着け私！　まだ気が早い！　私が勝手に友達だと思ってるだけで、向こうがそう思ってくれているとは限らない！　むしろNOである可能性の方が高い！」

情緒が不安定になっているが、この葛藤の中でも有栖からは歓びの感情が見え隠れしている。

そう、同期との関わりができて喜んでいるのは、零だけではない。

有栖もまた、引っ込み思案であがり症な自分を変えるための第一歩を踏み出せたことを、心の底から喜んでいるのだ。

「……いい人、だったなぁ。阿久津さん、私が作ったサムネほめてくれたし、返信も早くて丁寧だったし……」

初対面の時には緊張して上手く話せなかったが、PCのメッセージでの会話であった今回はきちんと自分の意志を零に伝えられたんじゃないかと、有栖は思う。

なんというか、有栖の意志を尊重し、良いと思った部分はほめ、こちらのペースに合わせて動いてくれる面倒見の良さが、零からは感じられていた。

自分のやりたいことを実現するために、しっかりと付き合ってくれている零に感謝しつつ、これから少しずつ彼との距離を詰め、他の同期やVtuberたちとも仲良くなれていけたらなぁ……という淡い期待を抱きながらにへらと笑っていた有栖であったが、はっと気を取り直すと浮ついている自分自身を戒めるように呟きを発する。

「いけない。まだ前準備の段階なんだから、舞い上がるのもいい加減にしなきゃ。浮かれるのは、コラボ配信が上手くいってからだよね」

こんなに嬉しいことがあったのは久々だったから、ついつい浮かれてしまった。

しかし、本番はまだ先の話で、今はまだその準備をしているに過ぎない。ここで浮ついた気分になって、本番で失敗したら、協力してくれる零にも迷惑がかかってしまう。

しっかりと気を引き締め、終わるまで全力で目の前のことに取り組むべきだ。

そう、自分に言い聞かせながらも、まだ少し心を弾ませている彼女は、就寝前の日課であるエゴサーチをすべく、スマートフォンを片手にベッドへとむかう。

コラボ配信の告知をしてからそれなりに時間が経ったし、ファンたちも反応を見せてくれている頃だろう。

うきうきとした気分でSNSアプリを開き、通知を確認した有栖であったが……その表情が、みるみるうちに困惑と動揺の色に染まっていく。

「えっ……？　なに、これ……？」

蛇道枢とのコラボ配信を告知してから、およそ三十分。

その間に、かなりの量のリプライとダイレクトメッセージが送られてきている。

その大半は初めてのコラボを行おうとする羊坂芽衣への励ましや応援、配信を楽しみにしているという期待の声であったが……中には、有栖が今まで見たこともないような暴力的な言葉が並んでいるものもあった。

【やめて！　あんな奴とコラボしないで！　芽衣ちゃんが汚れる!!】

【初コラボ相手が蛇道枢とか、マジ最悪……】

【大丈夫？　事務所に命令されてない？　あんな奴の尻拭いを芽衣たそがする必要ないよ!!】

「なに、これ……？　どういうこと……？」

送られてきたファンからの声の中に、芽衣を気遣いつつ枢を貶す発言があることに顔を青くする有栖。

コラボ配信の告知ツイートに対するリプライでも十分に酷いが、有栖以外に見ることができないダイレクトメッセージの方はそれに輪をかけて酷い。

蛇道枢の殺害をほのめかす内容や、勝手な妄想を長文で繰り広げて枢がいかに危険な男であるかを語っているもの、更にはコラボ配信を取りやめなければ抗議のために自らの命を絶ちますという自分の命を盾にした脅迫まで送られてきている始末だ。

ごくり、と、ファンたちからの予想外の反応に緊張と恐怖を抱いた有栖が息を呑む。

もしかしたら、自分は零が巻き込まれている炎上を舐めていたのかもしれない――と、普段とは違うファンの様子からひしひしとその恐ろしさを実感し始めた彼女は、はっとなってスマートフォンを操作し、蛇道枢のＳＮＳアカウントへと飛ぶ。

そして、そこで繰り広げられている光景を目の当たりにして、意識が遠くなるほどの不快感を覚えた。

【炎上してる身分でなに芽衣ちゃんと絡んでるんだよ、死ね】

【相互フォローとか何の見せつけ？　お前と事務所が芽衣ちゃんを脅してフォローさせたのはみんなわかってるからね？】

【好感度稼ぎ、乙！　もう手遅れだからとっとと引退してくれよな～、頼むよ～!!】

「酷い、酷いよ……!!」

ファンたちの態度は自分とは真逆の誹謗中傷が大半。蛇道枢を応援するリプライは、ほぼ見受けられない。

そして、彼に暴言を浴びせているアカウントの中に見知ったファンの名前があることに気が付いた有栖は、知らず知らずのうちにスマートフォンを握る手をぶるぶると震わせていた。

【コラボなんてやめろ。ついでにCRE8からも抜けろ】

【お前と芽衣ちゃんの絡みなんて誰も求めてない。炎上に巻き込もうとするんじゃない！】

【なんでもいいから早く引退して？　芽衣ちゃんもこんな役目を押し付けられて迷惑してるだろうからさ】

……吐き気が、してきた。

普段、自分に優しく接して、応援や励ましの言葉を送ってくれるファンの中に、こんな酷いことを言う人がいると知った有栖の心が急速に不安定になっていく。

ダイレクトメッセージを開けば、蛇道枢とのコラボは今後の活動の不利益にしかならないから事務所に逆らってでも止めろという声や、圧力をかけられているのならそれも告発してしまえとの声が幾つも寄せられている様が見える。

浮かれていた気持ちが、前に進んでいる実感が、急速に萎んでいく。

再び、デビューした時と同じかそれ以上の炎上に見舞われている蛇道枢の、零のアカウントを目にした有栖は、自身の中にある嫌な思い出と共に猛烈な吐き気が込み上げてくることを感じていた。

「うっ、ぐっ……ん、うぅ……っ!!」

表と裏で使い分ける、二つの顔。

寄ってたかって、たった一人の相手に手の届かないところから石を投げつけるいじめ行為。

そして……あなたのためを思って、という善意の裏に隠れた、自分の欲求を押し付ける精神。

その一つ一つに嫌な思い出を抱える有栖は、それでも必死に踏ん張って自分を強く持とうとした。

ベッドサイドにあった水を飲み干し、不快感をも飲み込んだ彼女は、息を荒らげながら自分に言い聞かせるようにして、呟く。

「大丈夫……！　私は、やる。これは、私がやりたいことだから……‼」

事務所に、薫子（かおるこ）に命令されたわけじゃない。零に脅されて強要されたわけでもない。

これは入江（いりえ）有栖が望んだ、有栖自身の意志による行動だと、だから、この配信を成功させるために努力しているのだと、自分の意志を再確認した有栖は、そこでSNSの巡回を止め、ベッドに潜り込んだ。

今、外野の意見に耳を貸すのは止めた方が良い。自分も零も不快な思いをするだけだ。

当日に配信を見て、楽しんで、色々不安はあったけどやって良かったと思ってくれる人が居てくれればいいのだと、そう自分に言い聞かせて気持ちを強く持った有栖は、明日からもコラボ配信に向けての準備を進めていこうと固く心に誓う。

……だが――

「止（や）めようか、コラボ配信」

「えっ……？」

翌日、事務所の会議室に自分たちを呼び出した薫子が発したその言葉に、有栖が絶望的な声を漏らす。

大きなショックを受けたであろう彼女と、黙って話を聞いている零に向け、薫子は真（しん）

剣な表情を浮かべたまま話を続けた。

「蛇道枢に対する炎上の大きさを見誤ってた。正直に言うと、そろそろ落ち着く頃なんじゃないかって思ってたんだ。けど、思っていたよりもコラボに対するファンからの反発が大きい。このままコラボ配信を決行しても、零にとっても有栖にとっても良くないことになるだろう」

「ま、待ってください。確かに思っていたよりも過激な反応が返ってきて驚いてるのは私もですけど、きちんとフォローしていけば、みんなもわかってくれるんじゃ……？」

コラボを打ち切る方向で話を進めようとする薫子へと、懇願するように口を挟む有栖。

引っ込み思案な彼女が我を通そうとしていることに驚いた薫子は一瞬だけ意外そうな表情を浮かべるも、すぐに元の平静を保った顔に戻ると、申し訳なさそうに首を左右に振り、有栖の意見を否定する。

「ごめんよ、有栖。私の判断が甘かった。【CRE8】の、あんたのファンたちの蛇道枢への怒りは、私の想像を遥かに超えたものだった。折角、あんたが意欲を見せてくれてるっていうのに、私の判断ミスで二人の努力を水の泡にしてしまって、本当にごめん」

「そ、そんな……社長が謝ることなんて、なにも……!!」

事務所の代表であり、自分たちの上司である薫子が深く頭を下げて謝罪をする様に、有栖が震える声を絞り出す。

薫子がこんなふうに自分たちに謝罪する必要なんて、何もないのに……と、少なくないショックを受ける有栖は、隣から聞こえてきた大きなため息にはっとしてそちらへと視線を向けた。

「……まあ、しょうがないですよね。むしろ、俺の方こそすいません。自分のことなのに、きちんとリスク管理ができてなかったのが問題なんだと思います」

「あ、阿久津、さん……？」

既に諦めムード……というより、コラボは打ち切る前提で話を進めていそうな零の様子に、有栖は指先が冷えていくような感覚を覚えた。

そんな彼女の目の前で、零は結果として自分の炎上に巻き込む形になった上司と同僚へと、謝罪の言葉を述べながら頭を下げる。

「入江さんの言う通りですよ。薫子さんが謝る必要なんて、何処にもない。悪いのは炎上中なのに、きっぱりとコラボを断れなかった俺です。おかげで、【ＣＲＥ８】と羊坂芽衣のＳＮＳアカウントも炎上気味ですし……このままコラボしても悪い方にしか話が進まないって考えるのも、当然のことですよ」

「阿久津、さん……」

「……すんません、入江さん。サムネ作成とか、募集用のフォーラムとかの設置までしてもらったってのに、全部無駄にしちゃいました。本当に申し訳ない。この通りです」

「あっ……⁉」

深く、深く……薫子同様に、有栖へと頭を下げる零。

自分よりもずっと大きい彼が、体を縮こまらせて謝罪する姿は、とても痛々しく見える。

上司である薫子と、同僚である零。

二人が揃って自分に謝罪し、申し訳なさそうな表情を浮かべる様子を目にした有栖は、がっくりと俯くと完全に口を閉ざしてしまった。

「……今日中にコラボ配信の中止を各方面で告知しよう。理由に関しては、こちらで考えておく」

「わかりました。じゃあ、俺たちはこれで……」

「………」

蛇道枢と羊坂芽衣のコラボ配信の中止が決定したところで、三人の話し合いは終わりを迎えた。

これ以上の炎上が起きないような手頃な理由を考えておくという薫子の言葉を聞いて

から、零はただ無言であり続ける有栖と共に会議室を出る。

「……本当にすいません。俺のせいで、こんなことになっちゃって……」

「阿久津さんのせいじゃ、ないですよ。悪い、のは……悪いの、は……!!」

何を話していいのかわからず、繰り返し謝罪の言葉を口にした零は、苦し気な有栖の返事を耳にしてそれ以上何も言えなくなってしまった。

あがり症を克服するために、初のコラボ配信を成功させるために、意欲的に動いていた彼女の頑張りが無に帰してしまったことを悔しく思いながらも、これが正しい判断だったのだと自分に言い聞かせて、零は一足先に社員寮へと戻っていく。

「すいません。俺、先に行きますね。少し、一人になりたいんで……」

「はい……」

ショックを受けている有栖を一人にすることは気が引けたが、零自身もこの事態にショックを受けていないわけではない。

自分がどれだけ嫌われているかを自覚し、同時にそんな自分と関わろうとする人までもが被害に遭うということを理解してしまった彼は、昨日感じた誰かと繋がりができる喜びに泥を塗られたような、心苦しさを抱いていた。

「……しょうがねえ、よな」

仕事用のスマートフォンを取り出して中を確認してみれば、今でもSNSには多くのアンチコメントが寄せられている。

所属事務所である【CRE8】を巻き込まないわけにはいかないだろうが、せめて有栖にはこれ以上炎上に巻き込まれてほしくないと、そう考えた末に、零は羊坂芽衣のSNSアカウントで青く点灯している『フォロー中』の文字をタップして、彼女との関わりを断った。

「これで良かったんだ、これで……」

これで、有栖の方も自分のフォローを外しやすくなるだろう。

相互フォローが切れれば、必要以上に有栖に絡むファンもいなくなる。自分の方はまた何か言う奴が出てくるだろうが、そんなものはもう慣れっこだ。

有栖を傷つけないためには、これが最良の選択だ。

そう、自分に言い聞かせながら、零は元の色に戻ってしまった羊坂芽衣のフォローボタンを見て、大きなため息をつく。

何もかも上手くいかないな、と自嘲気味に思いながら、もう笑う気力すら湧いてこない心を抱えたまま、彼は重い足取りで社員寮への道を歩んでいった。

【CRE8】のSNSアカウントに蛇道枢と羊坂芽衣のコラボ配信の中止の報せが掲示されたのは、朝の会議から数時間後のことだった。

デビュー後の初コラボは二期生全体での配信にした方が良いと考えた事務所からの指示という形での中止が報告されたネット上では、忌み嫌う男とアイドルのコラボが立ち消えたことに対する喜びの声が沸き上がっている。

トレンドに『コラボ中止』のワードがランクインするほどの盛り上がりを見せたSNSでは、羊坂芽衣のファンたちが自分たちの勝利に酔い痴れたようなコメントを大量に投稿していた。

『裏でどんな動きがあったのかはわからないけど、俺たちの声がCRE8に届いたのは確か。この勢いで蛇道枢の引退も認めさせよう！』

『尻拭いのために駆り出されたかと思ったらそれも中途半端なところで終わりにさせられるだなんて、芽衣ちゃんがかわいそう……』

『ってか、二期生コラボに蛇道枢も出るの？　あいつマジ邪魔だから、それまでに引退してほしいんだけど』

【CRE8】所属のVtuberをアイコンと名前に取り入れた箱推しファンたちの蛇道への罵声が、#と共にネット上に出回っている。

その発言をしている者の中に、羊坂芽衣こと自分のファンを公言しているアカウントがあることを見て取った有栖は、昨日とは真逆に不快感を通り越した無の感情を抱く。

彼らは事務所と同僚に対する罵声を発した口で自分のことを応援していると宣っているのだと……残酷なまでの中傷と、普段の配信で見る温かい声援が、同一人物から発せられているという事実を再認識した瞬間、込み上げてきた吐き気に有栖は意識を朦朧とさせてしまった。

「うぐ……っ」

頭の中によみがえる嫌な記憶。

自分を取り囲む人々の嘲笑と、狂ったような叫び。

胸を押さえ、呼吸を整え、なんとか自分を保った有栖は、スマートフォンをベッドへと放り投げるとPCに向かった。

数日後のコラボはなくなってしまったが、それ以外の配信は当然のことながら普通に行わなければならない。

夜に行う雑談配信の枠を取り、流れを確認し、どういった話をしようかと考え始めたところで……どうせ、視聴者たちからは中止になったコラボについて尋ねられるのだろうな、と有栖は思う。

無くなって良かったねだとか、大変な役目を押し付けられた芽衣ちゃんがかわいそうだとか、あるいは同情するかのように残念だったね、などというコメントが寄せられる配信を想像したところで再び吐き気を催しかけた有栖であったが、深呼吸をしてなんとかそれを堪えた。

そして、つい先程放り投げたばかりのスマートフォンが載るベッドへと視線を向けると、今度はどんよりとした深いため息を口から吐き出す。

「……折角、仲良くなれると思ったのにな」

会議を終えた後、自身のSNSアカウントを確認した有栖は、昨日自分をフォローしてくれていたはずの蛇道枢の名がフォロワーの一覧から消えていることに気付いてしまった。

そのことに少なからずショックを受けた後……これは仕方がないことなのだと、有栖は自分自身を納得させた。

【CRE8】のファンたちは、枢と芽衣が関わりを持つこと自体を嫌っている。

二人きりでの配信を行うことは勿論、SNS上ですらも何らかの関わりがあれば、そのことについて鬼の首を取ったように責め立ててくるだろう。

これ以上の炎上を避けるために、また、周囲に被害を広げないためにも、羊坂芽衣との相互フォローは切るに限る。

そのことについてまた叩く者は現れるだろうが、目に見える形で繋がりを持ち続けているということは、常に爆発の危険がある不発弾を抱えていることと同義だ。

零も好きで自分から離れたわけではない。これは仕方がないことで、彼は当然の対策を取っただけなのだと、有栖も頭では理解している。

だが、それでも……一度押したフォローのボタンをもう一度押してそれを解除する時、有栖の胸には途方もない寂しさと虚しさが過ぎっていた。

折角、自分から動いて繋ぐことができた関わりだったのに……。

折角、自分を変える一歩を共に歩み出してくれるかもしれない人を見つけ出せたのに……。

それが全て、無に帰してしまった。

零も薫子も、自分のために動いてくれていたのに……それが全部ぶち壊されてしまった。

そして、有栖の心中など知りもせずにそれを打ち砕いた張本人たちは、きっと今日も自分の配信にやって来て口々に言うのだ。

良かったね、かわいそうだね、残念だったね……と。

自分たちの手で、有栖を傷つけておいて。

「はぁ……」

悪意が無いというのが、自分が正義だと思い込んでいる人間が、何よりも厄介だ。

ファンたちは【CRE8】を良くするために、羊坂芽衣を守るために動いていると思っている。自分たちの行動は間違っていないと信じ切っている。

しかし、その行動の余波を受ける側からすれば、それはこの上ないありがた迷惑だ。

さりとて人気商売であるVtuberとして活動している以上、あまりはっきりとその行動を咎めるわけにもいかない。

そもそも、臆病な自分にはその意思を口にすることもできやしないじゃないかと、自分自身の情けなさに大きなため息を吐いた有栖が、配信準備の作業を行おうとした時だった。

「あれ……？」

PC画面で開いていたSNSのベルマークに、明かりが灯っている。

つい気になってしまったそれをクリックしてみれば、新たなダイレクトメッセージが届いたという通知が目に入った。

またファンからのメッセージだろうか……と、辟易しながら、ネットの巡回を止めようとした有栖であったが、その送り主の名を見て眉をひそめる。

ほんの少しだけ嫌な予感を覚えながらも、それを無視するわけにはいかなくなった彼女は、その内容を確認すべく送られてきたばかりのメッセージを開いた。

『お疲れ様です！　いきなりで悪いんですけど、蛇道枢の代わりに、私とコラボしませんか⁉』


「ん～～～……さて、どうするかねぇ……？」

午後八時、『CRE8』社員寮の四階にある自室のPCの前で、零は誰に聞かせるでもない独り言を呟いていた。

SNSや、動画サイトに投稿されている配信のコメント欄には今もなお数々のアンチコメントが寄せられているが、もはやそんなものはどうだっていい。

謝ろうが、開き直ろうが、彼らは自分に対して火を投げ込むことを止めはしないのだ。ならば、何もせずに放置するのが最適だと、零は既に炎上に対する学習を終えた対応を取っていた。

まあ、自分の場合は状況が特別だから、普通ならしっかり謝ったりした方がいいのだろうが……と思いつつ、それはそれだと考え直す零。

子供の頃から勝手に鍛え上げられてきたスルースキルがこんなふうに役に立つとは思いもしなかったと苦笑した彼は、改めて本日の夜をどう過ごすかを考え始める。

「多分荒れると思ったから、今日は配信の告知をしとかないで助かったな。ま〜た大炎上かますところだった」

昨日、羊坂芽衣とのコラボを発表するにあたって、ファンたちからの反発を受けることは間違いないと判断した零は、本日は配信を行うのは止めておこうと決めていた。

予想以上の炎上と反発が起きている今、その判断は正しかったなと自分の危機察知能力をほめつつ、もしもここで普通に配信を行おうとしていたらどうなっていたかと想像する零。

きっと、多分、ほぼ間違いなく……コメント欄は過去最大級の罵詈雑言で埋め尽くされることとなっていただろう。

弾いても弾いても足りないくらいのアンチがやって来る地獄の配信を思い描いた零は、その光景に身震いしてから、頭の中から悪い想像を振り払った。

「しばらくは大人しくしとけって薫子さんからも言われてるし、配信の準備もしなくていいしな〜……やることねえわ」

この炎上がひと段落するまで、蛇道枢は息を潜めておいた方がいいと考えたのは零だけではなかったようだ。

　会議を終えた後、ひっそりとＬＩＮＥで配信を暫く休止するようにと薫子からの連絡を受けた零は、素直にその命令に従うことにした。

　このままでは二期生コラボの出席すら危ういなと思いつつ、やはり断った方が無難かと今回の件で得た教訓を胸に欠席の判断もやむなしと考えた彼は、降って湧いた暇な時間をどう過ごそうかと椅子の背もたれに寄り掛かりながら考える。

　現在時刻は午後八時過ぎ、眠るにはまだ早い時間。

　食事も風呂も済ませてしまってやることはないが、まだまだ眠気は自分のもとに訪れてはいない。

　ならば適当なＶｔｕｂｅｒの配信でも見て、勉強でもしておくか……と考えた彼が配信プラットフォームである動画サイトを開いてみれば、丁度良いタイミングで羊坂芽衣の配信が始まった通知が流れてきた。

「おっ、ナイスタイミングじゃ～ん。これも何かの縁だし、覗いていくか」

　コメントもせず、ＳＮＳ上で反応を見せたりもしなければ、蛇道枢こと零がこの配信を見ているとは誰も気付かないだろう。

　フォローを外してしまったことや、炎上に巻き込んでしまったことへの罪悪感がある零は、彼女の再生数を一回でも増やすことでその気まずさを振り払おうと、流れてきた通知をクリックして配信ページへと飛ぶ。

数瞬後に切り替わった画面にはかわいらしい羊が柵を飛ぶアニメーションが流れていて、芽衣が来るまでの待機中であることがわかった。

運がいい。これなら有栖がどんなふうに配信の入りをこなしているかが見られる、と飲み物の用意をしてからPCの前に座す零。

配信視聴のお供に烏龍茶とみたらし団子という一風変わった組み合わせの夜食を選択した彼は、羊坂芽衣が登場するまでの数分間をもちゃもちゃと団子を食べながら待機し続けた。

『……え～、みなさん、こんばんめ～、です。【CRE8】所属Vtuber二期生、羊坂芽衣です。今日も私のお喋り（しゃべ）りに付き合ってくださ～い』

ややあって、アニメーション画面が切り替わると共に表示された羊坂芽衣の立ち絵が、やや緊張した面持ちを浮かべながらリスナーへの挨拶を行う。

まだ独自の挨拶を行うことに慣れておらず恥ずかしがる様子や、硬さの残る配信の始まりを見た零は、このぎこちなさが良いというファンの気持ちが理解できるようになっていた。

自信があまりなさそうな芽衣の雰囲気と表情は、非常にこちらの保護欲をそそる。

演技とは思えない、芽衣の魂である有栖の緊張や怯え(おび)が画面を通じて伝わってくるようなその立ち振る舞いに、零は自然と感心してしまっていた。

「……中身と合わせたキャラ設定って大事なんだな。入江さんをVtuberにするなら、確かにこのキャラクターが一番だ」

引っ込み思案で、臆病で、そんな自分を変えたいと思っている有栖をそのまま二次元に転化したような羊坂芽衣のキャラクター性に頷(うなず)きつつ、それを設定した薫子の判断に感服(かんぷく)する零。

自分とかけ離れたキャラクターを演じさせるよりも、素の自分に近い性格を曝(さら)け出せるような状況の方がのびのびと配信ができるのだろうと、そしてそれを視聴者やファンたちにも受け入れてもらいやすいのだろうと、そう理解した彼は改めて、一生懸命にリスナーを楽しませようと頑張る有栖の配信を視聴していく。

『え～っとですね、今日は、そう！　今後の配信でゲームの実況をやろうかな、って思ってるんですけど、どんなゲームがいいかな？　っていうのを皆さんに相談しようと思って――』

丁寧に、慎重に、配信と話題を進めていく芽衣こと有栖。

まだ少しリスナーたちとの距離を測りかねている様子もまた愛らしいものだと、妹を見るような感覚で配信画面を眺めながら、零は彼女の話に耳を傾ける。

『定番はＦＰＳ……確かに、他のＶｔｕｂｅｒさんもやってますよね！　でも私、他人と争うゲーム苦手なんですよ……』

【なら、一人でできるアクションゲームとかは？　メッガマンみたいなシリーズものなら、一を気に入ったら続編とかもプレイできるよ！】

【確かに芽衣ちゃんが誰かと戦うゲームをやるっていうのは似合わないかも……どうぶつの里みたいなスローライフ系は？】

【Ｖも三次元ライバーもやってるワレワレクラフトは？　慣れると色んな建築物が作れて楽しいよ‼】

【ワレクラは二期生コラボで初プレイがいいでしょ。ＣＲＥ８鯖（さば）もあることだし、一人で回るより誰かと一緒の方が楽しめるじゃん】

『わ〜、わ〜⁉　コメントが早過ぎて、追いつかない〜……‼　皆さん、ちょっと待ってください〜‼　提案が多過ぎて逆に困る〜！』

投げかけられた質問に対しての返答がぽんぽんと寄せられるコメントの流れる速度は尋常ではないことになっており、確かにそれを目で追うのは大変だ。

驚き、慌て、一生懸命に全員のコメントに目を通そうとする羊坂芽衣の頑張る姿にどこかほっこりとした気分を抱きつつ、零は新たな串を手に取ると、それに突き刺さっている団子を口へと運び、頬張った。

（なるほどな。あんまり何かを演じることを意識せず、あくまで素を見せてる感じか。緊張でいっぱいいっぱいになってるってのが大きいんだけど、気取らず、演じずでありのままを見せてるから、リスナーたちも落ち着けるんだな。）

歌唱能力やゲームの腕を見せつけ、それをリスナーに楽しんでもらうのか。あるいは、今観ている羊坂芽衣の配信のようにゆったりとくつろげるような雰囲気を作り出し、足を止めてもらうのか。

まずは各配信者が自分の配信の雰囲気というか、特色のようなものを設定する。

その雰囲気を気に入ってくれた人間がリスナーとなり、チャンネル登録者となってくれるのだなと、まだまだ配信初心者である零は、同僚の仕事ぶりからそういった学びを得ると共に、深く頷いた。

やっぱり他人の配信は勉強になるな、と甘じょっぱいみたらし団子を味わいながら何度も頷く零。

自分も今回の学びを活かした配信ができるように頑張ろうと思いつつ、蛇道枢の配信特色としては、今の所炎上によるアンチコメを見られるという部分しかないなとげんなりとした気分を抱えた彼が、そんな前向きなのか後ろ向きなのかわからない考えを頭の中で繰り広げているうちにも、配信の話題は進んでいたようだ。

『やっぱり人気なのはホラーゲームなんですね。だけど私、本当に怖いの無理で……』

ゲームチョイスの話題の中で、盛り上がる定番はホラーゲームだという意見が大多数を占めるようになったコメントを目にした芽衣が言う。

見た目や雰囲気の通り、怖いゲームは苦手らしい彼女は、寄せられる意見に対して難色を示していた。

まあ、羊坂リスナーの気持ちは重々わかる。あえて彼女に苦手なホラーゲームをやらせて、怯える様を楽しもうということだろう。

保護欲をそそる彼女を恐怖させたいという気持ちは矛盾したものではあるが、『かわいそうはかわいい』という言葉もあるくらいだ。

文字通り、子羊のように怯える芽衣の姿を目にして、励ましてやりたいのだろうという相反したリスナーたちの嗜好に理解を示していた彼が小さく笑みを浮かべる中、コメント欄に気になる文字が流れてきた。

【なら、私と一緒にプレイしませんか⁉　見守り配信でも大丈夫ですよ‼】

第二章

何が正しい？　どうすればいい？
俺が今、できることってなんだ……!?

乱入、アルパ・マリ

「あぁ？　なんだ、こいつは……？」

妙に馴れ馴れしいというか、距離が近いそのコメントを目にした零が眉をひそめ、独り言を呟く。

コメント自体はすぐに流れてしまったものの、そのコメントを目にしたリスナーたちが急に興奮し始めたこともまた、彼の疑問に拍車を掛けたようだ。

【えっ⁉　マリちゃん⁉　本物⁉】

【マリちゃん来た‼　しかもコラボのお誘い⁉】

【もふもふコラボ実現なるか⁉】

『アルパ・マリのもふもふチャンネル』……と記載されているコメント主の名前を確認した零は、視聴者の反応と併せて彼女（？）が有名人であることを察する。

配信画面はそのままに、新しいウィンドウを開いてその名前を検索してみると、チャンネル登録者一万ちょっとのＶｔｕｂｅｒ（ブイチューバー）の情報が出てきた。

「アルパ・マリ……アルパカと、ラマがモチーフか？　俺たちより少し前にデビューした個人勢みたいだな……」

デビューはおよそ一か月前。配信記録を見るに、雑談を主とした活動を行っているマリのチャンネルの概要欄を見た零は、素直に感心した。

自分はそこまでこの業界に詳しくはないが、どこの事務所にも所属していない個人Ｖとしてこの成績はなかなかのものなのではないだろうか？

配信の頻度も高いし、羊坂（ひつじざか）リスナーも彼女の名前を知っているところを見るに、結構有名どころのＶｔｕｂｅｒみたいだな……と感心する零であったが、問題はそんな彼女が急に芽衣（めい）の配信に登場し、コラボを誘うコメントを発したところだ。

予想外のゲストの登場に沸き立つコメント欄とは裏腹に、羊坂芽衣の方はなんとコメントを返した方がいいのかわからず右往左往している。

やはり、人見知りの有栖（ありす）はこういった不測の事態への対処は苦手のようだ。

配信中という衆人環視の中で、突如として声をかけてきた同業者への対応に彼女が悩んでいる間にも、コメント欄の盛り上がりはますます過熱していった。

【中止になったコラボの時間帯、もしも暇だったら一緒に配信しません？】

【うおおっ！　マジ⁉】

【マリちゃん積極的過ぎワロタ】

【でも俺も見たい！　マリ芽衣コラボ観てみたい‼】

『え、えっと、あの……』

……この状況はマズいのではないかと、零は思う。

盛り上がるコメント欄に反して、現在の視聴者数を表示する数字は緩やかに減少しており、低評価の数も先程確認した時より随分と増えている。

一見、アルパ・マリの登場で盛り上がっているように見える配信だが、羊坂芽衣のリスナーが観たいのはこういった熱狂ぶりではなくて、彼女がゆったりとお喋りする配信なのだ。

マリの登場によってその雰囲気が壊れ、一気に芽衣の配信がらしさを失ってしまった。

芽衣とマリ、双方のファンにとっては嬉しい状況かもしれないが、芽衣のみを応援しているリスナーからすれば、この状況は望まざる事態なのだ。

徐々に減っている視聴者数が、逆に増えている低評価の数が、そのことを証明している。

そもそも、今の羊坂芽衣はこの熱狂を抑える術を見いだせずに狼狽するのみで、明らかに一人喋りをしていた時よりも口数が減っていた。

　このままではマズい……先日薫子から聞いた、有栖がパニックになりやすいという話を思い出した零が改めて危機感を抱く。

　今、芽衣こと有栖は目の前の状況にいっぱいいっぱいで気付いていないだろうが、何かの拍子に減っているリスナーや増えている低評価に気が付いてしまったら、完全にパニック状態に陥ってしまうだろう。

　コラボ配信を持ち掛けるマリを、それを観たいと騒ぐリスナーたちを、どうにかして止めなければ……と、有栖への救援方法を考えていた零が、ふとコメント欄を見た時だった。

【コメント欄に蛇道枢いない？】

【え？　マジ？　あいついるの？】

『えっ？　蛇道さんいらっしゃるんですか？　配信、観てくれてたんだ……』

「は……？　えっ？　なんでバレたんだ⁉」

　不意に流れた自分の存在を察知したコメントを目にした零は、一気に空気が不穏になっていく芽衣の配信の様子に焦り始める。

　手にしていたマウスを動かし、コメント欄を遡ってみれば、そこには【お1、m】などという謎の文言だけが記された自分のコメントが残されているではないか。

「げっ⁉ 俺、いつの間にかタイプしてたのかよ⁉ うわ、誤爆った～っ‼」

どうやら、零は自分で気付かないうちにキーボードに触れており、それをコメントとして投稿してしまっていたらしい。

物思いに耽っていたせいでまるで気が付かなかったが、存在を察知されるという失態を犯した彼に向け、リスナーとマリがこぞって非難の声を投げつけ始めた。

【なに？ もしかして蛇道って芽衣たそのファンなの？ 最悪なんだけど……】

【コラボ配信も下心があって持ち掛けたんじゃねえの？ ゴミだな、マジで】

【未練がましく配信追ってんじゃねえよ、ネットストーカー‼】

『あ、いや、待って！ ストップ！ リスナーの皆さんもマリさんも、落ち着いてください！』

【芽衣ちゃんが擁護する必要ないよ。みんなも無視しよ、無視無視‼】

【んだんだ。これで芽衣ちゃんが炎上なんかしたら洒落にならんわ】

【ってかさっきより低評価増えてんじゃん⁉ お前のせいだぞ、蛇道‼】

『わわ、あわわわわ……‼ ととと、とにかく落ち着いて！ 蛇道さんは何も悪いことしてないんだから、誹謗中傷するようなコメントは止めてくださ～い⁉』

今にも泣き出しそうな芽衣……というより、有栖の声を聞いた零は、激しく胸を突く罪悪感に頭を抱えてしまった。

有栖のパニックを引き起こす最後のダメ押しを自分がしてしまったと、完全なる自分の失態を責める彼であったが……ふと、そこであることに気が付く。

(入江さん、さっきより声出てねえか……？　狼狽してた時より、今の方がしゃっきりしてるっつーか……)

そこまで考えた零は、はっとした顔を上げると共に今も必死にリスナーたちを抑えようとしている芽衣の姿にある確信を抱く。

そうだ。今、確かに彼女はパニック状態になっているかもしれないが、同時に明確なやるべきことを見つけ出せたことでそのことに全神経を集中することができているのだ。

コメントと配信は熱狂に包まれているが、それが自分たちにとっての敵である蛇道枢を排除しようとする形で彼らの意志を統一させている。

自分ではなく、他人に向けられた矛先をなんとかしようと努力している今の芽衣は、何をどうすればいいのかがわからなかったマリの登場時よりも明確な意思を持って行動することができていた。

流れとしては、こっちの方がマシかもしれない。

確かにこの配信は荒れるかもしれないが、全ての原因は蛇道枢にあるとリスナーたちは思ってくれるだろう。

であるならば……既に炎上で燃えカス状態になっている自分が、羊坂芽衣の引き際を作ることができるかもしれないと、そう考えた零はこの騒ぎを収束させるため、短い謝罪の文章をコメントした。

【配信を荒らすような真似(まね)をしてしまい、申し訳ありません。すぐに消えさせていただきます】

【同情の誘い受けウザい。消えるならとっとと消えろ】

【お前がいると芽衣ちゃんの配信が汚れる】

【そのままCRE8(クリエイト)からも消えてくれ】

『あっ！　じゃ、蛇道さん？　その、えっと……配信観に来てくれたのに、私のせいですいませんでした！　私は全然気にしていないので、また遊びに来てくださいね‼』

【芽衣たそ天使すぎ】

【芽衣ちゃんに謝らせてんじゃねえよ、クソ蛇！】

【低評価めっちゃ増えた！　全部蛇道のせいだ‼】

謝罪コメントを投稿した後、今度は誤爆をしないようにマウスとキーボードに注意を払いながら、配信を見守り続ける零。

自分への罵詈雑言が流れるコメント欄を眺めながら、どうかこれで上手いこと纏まってくれと祈る彼の前で、羊坂芽衣が大きなため息を漏らしてから口を開く。

『……あんまり、こういうのは良くないと思います。蛇道さんも私の配信を楽しんでくれていたのに、酷い言葉を投げかけて追い出すのは駄目ですよ』

【ごめん、流石に言い過ぎた。だが後悔はしていない！】

【空気嫁。流石に自重しろ】

【俺も蛇道は嫌いだけど、別に今回は何も悪いことしてなくないか？　芽衣ちゃん悲しませて、何も悪いことしてない奴をボロクソに言って、それが本当に正しいと羊坂リスナーは思ってるわけ？】

【→長文乙。お前蛇道だろ？】

少しずつ鎮火していくようで、そうでもなさそうなコメント欄では、今回の騒動について開き直る者や蛇道枢を擁護する者との言い争いが起き始めていた。

自分の不注意のせいでこんな事態になって申し訳ないという思いと、この局面を存分に利用してほしいという有栖への願いを入り混ぜながら事の成り行きを見守っていた零は、次に羊坂芽衣が発した言葉を聞いてほっと安堵のため息を漏らす。

『……ごめんなさい。今日はもうこれ以上お喋りする気分になれないので、配信を終わりにしますね。私が上手く状況をコントロールできなかったせいで皆さんに嫌な思いをさせてしまい、すいませんでした』

謝罪の言葉を残して配信を終えた芽衣へと、リスナーたちが労いと終わりの挨拶をコメントしていく。

その流れを確認した上で画面を閉じた零は、いくばくかの安堵と焦燥を込めたため息を吐き出した。

これで、良い。間違いなく状況は最悪だが、リスナーたちの怒りの矛先は羊坂芽衣ではなく蛇道枢に向けられるだろう。

芽衣は配信を壊された被害者で、蛇道枢はその犯人。

またしても自分は炎上するだろうが、有栖への被害は最大限まで軽減できたはずだ。

もしもあのまま自分がコメントをしていなかったら、マリやリスナーたちの勢いに押された有栖はコラボ配信を了解していたかもしれない。

二期生コラボが羊坂芽衣の初のコラボ配信となることを楽しみにしているファンたちがそれを知ったら、それこそ彼女が炎上しかねない。

それに、無理に人見知りの有栖を面識のない同業者と絡ませれば、それもそれで問題になるかもしれないし……考えようによっては、これで良かったと言えるだろう。

……などと、悲しい自己弁護をしたところで、自分の不注意で有栖に迷惑をかけてしまったことは紛れもない事実だ。

これに関しては納得の炎上理由だし、言い逃れはできないだろう。

とりあえずSNSに謝罪のコメントを投稿した後、再び訪れるであろう炎上に対して大きなため息をついた零は、何もかもを忘れてベッドへと飛び込んだ。

どうせ翌朝にはいつも通りの誹謗中傷やら殺害予告やら引退を求めるアンチコメントが至る所から寄せられているんだろうな……と、考えながら、彼は意識を手放して夢の世界へと旅立つ。

が、しかし……この時の零には見逃しているものがあった。

それは、芽衣の配信に枢が登場した瞬間、あるいは彼が謝罪のコメントを残してから芽衣が配信を切るまでの間に起きた現象。

【CRE8】の忌み子として嫌われているはずの彼が出てきてから消えるまでの間に、何故だか高評価の数が増えたのである。

それは増えた低評価の数に比べたら微々たる量ではあるが、決して勘違いとはいえない数でもあった。

それが意味することを、眠りに就いた零は知らない。知る由もない。

だが、この瞬間から……彼と蛇道枢を取り巻く雰囲気は、少しずつ変わり始めていた。


「あはははは……ものの見事に炎上してやがるよな、やっぱり……」

翌早朝、早寝早起きを体現した零が恐る恐るSNSを開いてみれば、昨晩の謝罪ツイートに対して予想通りの中傷リプライが大量に寄せられていた。

とっとと引退しろだの、コラボ打ち切りになったからって芽衣をストーキングするなだの、お前のせいで配信が台無しになっただの、好き勝手に言われているアカウントを見て、うんざりとため息をつく零。

羊坂芽衣こと有栖からの気にしていないからまた遊びに来てほしいというフォローも虚しく感じられる中、アンチからのコメントを見ていても気が滅入るだけだと判断した彼は、何か楽しい話題を見つけようとトレンド欄へと移動したのだが――

「げっ、こっちにも俺の名前がある……」

――残念ながら、蛇道枢の名前がそこにも載っていることに気が付き、再びため息をつく羽目になってしまった。

配信の主であった羊坂芽衣よりも高い位置にある自分の名前にうんざりとしつつも、

やはり気になってしまうのかその欄をタップしてしまう零。

どうせまた罵詈雑言を浴びせられてるんだろうな……と考えながらスマートフォンの画面を見つめていた彼であったが、短い読み込みの後に表示された投稿を見て、驚きに目を丸くした。

【昨日の羊坂芽衣の配信観てたけど、あそこのリスナーマジでキモイな。何も悪いことしてない相手をただ嫌いだからって理由であそこまで叩けるの、普通に引くわ】

そんな、どちらかといえば蛇道枢の側に立っている発言に対して、数千を超えるいいねが寄せられている。

驚き、そのツイートのリプライを確認してみれば、どちらかといえばこれまた賛否両論のコメントのうち、投稿主に同調するリプライに多くのいいねが寄せられている様が目に映った。

【芽衣ちゃんに悪いところはないけど、リスナーが酷くて配信観る気なくす。強いて挙げるなら、そういうリスナーの暴走を止められない部分は嫌いっていうか嫌なところかも】

【蛇道枢のせいで配信が滅茶苦茶になったって言ってる奴いるけど、アルパ・マリが来た時点で芽衣ちゃんの配信特有のゆったりとした雰囲気は壊れてたでしょ。私はあの時

点で観るの止めたし、なんだったら低評価も押した】

【事務所が二期生コラボのためにそれ以前のコラボを禁止したって明言してるのにもかかわらずそれを無視したアルパ・マリ↓称賛と共に迎え入れられる。

事務所の発言の煽りを受けて企画が倒れた被害者の一人であり、ただ配信を観に来てただけの蛇道枢↓メチャクチャに叩かれてファンたちから悪者扱い。

やっぱVtuber好きな奴って頭おかしいわ】

ぱっと見でも目に入るそういった意見に多くの肯定が寄せられていることに驚いた零が他のツイートも確認してみると、今回の騒動について語る人々の発言の中で、蛇道枢を擁護する意見が多く見受けられた。

勿論、批判の意見も多く噴出してはいるが、中にはこんな意見を述べる者もいるくらいだ。

【っていうか蛇道枢、あのコメントわざとやったんじゃねえの？　明らかに羊坂芽衣はアルパに対してどう返事していいかわかんなくて困ってたし、自分が登場することでその空気をぶっ壊そうとしたとしか思えないんだよなぁ】

【それ俺も思った。誤爆で注目を集めて、リスナーたちの注目を集めて、しっかり謝罪しつつさっと退く。あんまり長居せず、最適な行動だけで芽衣ちゃんに配信を終わらせ

る機会を作ったようにしか思えない】

【アルパ・マリとのコラボが邪魔されたって蛇道枢を叩く奴いるけどさ、普通に考えて、羊坂芽衣がコラボを承諾したら、他の二期生やそのファンだっていい思いしないし、断っても向こうのファンがブチ切れるの目に見えてるじゃん。むしろ余計な荒波立てないようにフォローしてくれた蛇道に感謝しとくべきだろ】

　こんなふうに、怪我の功名ともいえる自分の行動を深読みし、当たらずとも遠からずといったコメントがSNS上に出回っている様子を見た零は、少し考えた後にダイレクトメッセージを確認してみた。

　すると、そこにはいつもの暴言メッセージに紛れて、羊坂芽衣こと有栖をフォローしてくれたことに対する感謝のメッセージが送られてきており、もう一度改めて隅々まで自分の謝罪ツイートを確認してみれば、そこにも蛇道枢への感謝と謝罪の言葉が綴られているではないか。

【これまで意味もなく嫌ってました。変な目で見ててごめんなさい】

【こういうメッセージ送るの初めてですけど、芽衣ちゃんのファンとして二つ。同じ芽衣ちゃんリスナーがごめんなさい。それと、芽衣ちゃんを助けてくれてありがとう】

【最初はお前のせいで！　って思ってたけど、時間をおいて冷静になったらむしろ芽衣

ちゃんにとってはあなたの存在が助けになってたってことに気付きました。放送中に酷い言葉を投げかけて、本当にごめんなさい】

「いや、え？　ま、マジ……？」

　てっきりまた大炎上をかますと思っていた零は、予想外の喜ばしい展開に唖然とした表情を浮かべ、ぽかんとしている。

　Ｖｔｕｂｅｒとなって初めて、ここまで温かい言葉をファンからもらった彼は、ふと目に付いた一つの文章を注視し、息を呑んだ。

【あのフォローができたのは蛇道枢だけだった。炎上してるあなただからこその行動に、僕は敬意を表します】

　デビューしてまだ間もない有栖には、あの状況下で頼れる人物は非常に限られていた。狼狽する羊坂芽衣を救うためにはリスナーやアルパ・マリの注意を他にそらし、芽衣自身が落ち着くための状況を整える必要があった。

　現実で有栖と顔見知りだった零だからこそ、仮想空間で活動し、炎上しているおかげであの場の注意を引き付けられた蛇道枢だからこそ、ああして自分以外に被害をもたらさずにあの場を収束させることができたのだと、そうほめ称えるコメントや感謝の言葉はこれだけにとどまらない。

偶然の産物ではあるが……炎上しているということも場合によっては大きな武器になり得るということを学んだ零は、この予想外の幸運を素直に喜んだらいいのかわからなくなってしまっている。

だが、しかし……自分の行動を、その真意を理解し、称賛してもらえるということへの嬉しさを知った彼は、小さく鼻を鳴らした後に苦笑を浮かべながら言った。

「全く……けなしたりほめたり、Ｖｔｕｂｅｒのファンってマジでめんどくせえ……」

口ではそう言いながら、どこか嬉しそうな声を出した彼は、薫子への相談のために部屋を出て、社員寮の近くにある【ＣＲＥ８】事務所に向かう。

鼻歌を歌いながら歩く彼が上機嫌なのは、誰の目から見ても明らかであった。

「阿久津(あくつ)さん！　昨日はすいませんでした！　それで、その、大丈夫でしたか……？」

「ん、ああ、入江さん。気にしないで大丈夫っすよ。なんかいい感じに物事が転がってるんで」

事務所でスタッフとの打ち合わせを終え、談話室で休憩を取っていた零は、ばったり出くわした有栖の心配を笑い飛ばすと、その証拠として自分のチャンネルを表示したスマートフォンを彼女へと見せつけ、言う。

「ほら、見てくださいよ。チャンネル登録者数四千名、昨日と比べて千人も増えてるんすよ？　ＳＮＳでも俺を擁護してくれる人が多いし、なんか今までで一番優遇されてる時期かもしんないっすね!!」

朗らかに笑い、昨晩の一件をまるで気にしていないということを行動で証明してみせる零。

その様子を見て安堵した有栖は、ようやく緊張が解けたといった具合の笑みを浮かべると、それでも申し訳なさそうに零へと謝罪の言葉を述べた。

「ごめんなさい。私がきちんと対応できなかったせいで、配信を楽しんでいた阿久津さんに尻拭いさせることになってしまって……きっぱりコラボを断って、リスナーの皆さんにも注意できていれば、わざわざ阿久津さんが出てくる必要もなかったのに……」

「いやぁ、そもそもあれ俺の不注意から出た誤爆コメントですし、そんな気にすることないっすよ。誰かが言ってましたけど、炎上してる俺だから上手く丸め込めたって意見もありましたしね」

「それでも……やっぱり、申し訳ないです。配信主は私なんだから、そういった部分はきちんとしないと……!!」

自分自身の不甲斐(ふがい)なさに拳を震わせ、自らを叱責し追い詰めるように言葉を言い聞かせる有栖。

　そんな彼女の様子に危機感を覚えた雫は、強引に話題を切り替え、有栖の意識をそらすことを試みた。

「あ〜……そういえば、昨日の配信で同業者さん来てましたよね？　ほら、あのアルパカとかなんとかっていう——」

　個人勢Ｖｔｕｂｅｒ、アルパ・マリ。

　アルパカとラマを彷彿(ほうふつ)とさせる白い体毛と薄ピンク色のロングヘアーが特徴の彼女は、ふわっとした雰囲気の羊坂芽衣とは違ってやや活動的な印象を与える見た目をしている。

　その積極性やＶｔｕｂｅｒ活動に対するアグレッシブさが短期間で五桁を超えるチャンネル登録者を得た秘訣(ひけつ)なのだろうと思いつつ、コラボの誘いを行ったその人物への話題を振ってみれば、誘われている側の人間である有栖は困ったような表情を浮かべて、こう答えた。

「アルパ・マリさん、ですね。実は、配信前からもコラボのお誘いがあったんです。その時は返答に悩んで放置しちゃったんですけど、そのせいで配信でアピールしに来たんでしょうか……？」

「かもしれないですね……ちなみに、今は何か連絡とか来てるんですか？」

「はい。あの配信後に改めてコラボのお誘いがありました。それについては、二期生コラボの前に他のＶｔｕｂｅｒさんとコラボするのは避けたい、って意思表示をしたんですけど……」

「けど？　どうしたんです？」

「……二期生コラボが終わった後ならいいのかって、食い下がられちゃって。正直、どう返事をしたらいいのかわからなくて……」

その表情が、声が、言葉にはしていないものの有栖自身のアルパ・マリとのコラボを避けたいという意思を物語っていた。

怯えのような感情をにじませた有栖が、か細い声で零へと語る。

「嫌なんですか？　その、アルパってＶｔｕｂｅｒとコラボするの？　俺の時みたいに炎上する危険はないですし、リスナーたちもコラボを望んでたみたいですけど……」

「……すいません。あんまり乗り気じゃないです」

「それってもしかして俺のせいですか？　間接的に炎上に巻き込んじゃいましたし、そのせいで気まずさとか拒否感がある、とか……？」

「いえ、いいえ！　阿久津さんは関係ないです！　ただ、その……あんなふうにぐいぐい来る人って、どうにも苦手で……」

昨日の配信中、自分が蛇道枢として羊坂芽衣とアルパ・マリの間に介入したせいで、彼女とコラボすることに何らかの悪影響を及ぼしてしまったのか？　という零の質問に対して、有栖は慌てたように大きく首を振ると自分の正直な想いを伝える。

その答えと、嘘を言ってはいなさそうな雰囲気に安堵しつつ、零は新たな質問を彼女へと投げかけた。

「でも、入江さんは俺の時は結構コラボに前向きでしたよね？　異性より同性の方が接しやすいと思うんですけど、どうしてアルパ・マリと二人でコラボすることを避けるんですか？」

「それは、その……」

びくりと、有栖が小さい体を震わせて、零の言葉に反応を見せる。

その瞬間、零は彼女が自分には言えない事情を抱えていることを察した。

詳しい事情はわからないし、詮索するつもりもない。だが、有栖が抱えているその何かが、彼女にアルパ・マリとのコラボを避けさせているのだろう。

自分とマリとでは違う部分が多過ぎる。

現実で顔見知りかどうか、同じＶｔｕｂｅｒ事務所に所属しているか個人勢か、根幹的な部分でいえば、男性と女性という性別の差すらも存在しているのだ。

その中の何かが、有栖にマリと関わることを拒否させている。

彼女の言う通り、向こうが積極的な性格をしていることも怯えを感じさせる要因なのだろうが、最も大きな問題点はそこではないのだろうと、零は思った。

「言えないなら、無理に言う必要ないですよ。ただやっぱ、やりたくないことをやるのは止めておいた方がいいと俺は思いますね」

「そう……ですね。こんな気持ちのままコラボしてもお相手にご迷惑でしょうし、はっきりと断る意志を表示しなきゃ駄目ですよね……」

「真っ直ぐに断るのが難しいなら、俺をダシにしてもいいですよ。昨日の事件のこともあるし、今はあなたと関わることは避けたい……っていえば、向こうも納得するんじゃないですかね？」

「でも、それでアルパさんのファンや彼女自身に阿久津さんが目の敵にされたら――」

「ああ、別にいいですよ。今更敵が一万人くらい増えたところで大した差はないですし……常に燃え盛ってる俺にとって中傷コメントなんて、毎朝届けられる新聞みたいなものですからね」

あっさりと自分に敵意が向けられるような行動を容認し、再び自分を犠牲にするような行動を取る零。

彼の対応に少し申し訳なさそうな顔をした後……有栖は、きっぱりとその申し出を断った。

「……やっぱり駄目です。これ以上、阿久津さんにご迷惑をおかけしたくないですから……とりあえず、今は二期生コラボに集中したいから他の方とのコラボ企画を進めることはできない、って言ってみます。それで考えるための時間を稼いで、二期生コラボが終わるまでの間にどうするかを改めて決めるつもりです」

「そうですか……入江さんがそう決めたなら、それが一番ですよ。でも、困ったことがあったらすぐに薫子さんに相談してくださいね？　俺にもできることがあったら、何でも言ってください。何ができるかはわからないですけど」

「ふふふ……！　ありがとうございます。阿久津さんと話せたおかげで元気出ました。お互い、頑張りましょうね」

ぐっ、と上げた両腕を曲げてマッスルポーズを取った有栖が、優しい笑みを浮かべながら言う。

嘘がつけない性格をしている彼女がそう言うのならば、本当に元気が出たのだろうと……自分の言葉で彼女を勇気付けられたことを喜ばしく思いながら、零もまた頷くと話を切り上げた。

「それじゃあ、俺はこれで。今夜も配信ですよね？　時間が空いたら観に行くんで、頑張ってください！」

「はい！　……今度は頑張ってみるんで、コメントも遠慮せずにしてくださいね」

「ははは、考えておきます」

飲み終えたお茶のペットボトルをゴミ箱に捨てつつ、曖昧な返事をする零。

有栖の言葉は嬉しいが、余計な騒動を招かないようにするためにもコメントは止めておいた方がいいだろう。

そう結論付けた彼は、最後に有栖に手を振ると談話室を後にした。

今晩、羊坂芽衣の配信を観る時にはコメントの誤爆に気を付けないとな……などと考えながら歩く彼の背を見送った有栖は、少し穏やかになった心のままに小さな笑みを浮かべていたのだが――

「っ……⁉」

ぶるり、と上着のポケットの中で仕事用のスマートフォンが振動する感覚に気が付いた彼女の顔からその笑みが消える。

恐る恐るスマートフォンを取り出し、画面を点灯させた彼女は、そこに映る文字を目にしてみるみるうちにその表情を険しいものへと変化させていった。

【アルパ・マリ（個人勢Ｖｔｕｂｅｒ‼　チャンネル登録ヨロ‼）さんからメッセージが届いています】

またか、と思いつつも向こうは純粋な好意を向けているだけだと自分に言い聞かせ、そのメッセージを開く有栖。

予想通り、コラボ配信の誘いを粘り強く……ここまでくるとしつこいと言った方が正しいかもしれない……行うマリからの連絡に小さくため息をついた有栖は、先程零に告げた通りの文面で、その誘いに対する断りの返事を彼女へと送り返すのであった。

『は～い！　どうもこんアルパ～‼　みんな大好きアルパ・マリちゃんだよ～っ‼』

ハイテンションな挨拶と、ご機嫌なＢＧＭ。

それにマッチした明るくかわいらしい壁紙を背景にリスナーたちへと挨拶する少女は、浮かべた笑顔を絶やさぬままオープニングトークを始める。

『まず最初にね～、昨日のことで嫌な思いをした人、ごめんなさい！　ちょっと強引過ぎたかな～って、私も反省してます！』

【マリちゃんは悪くないよ。芽衣たそも驚いてただけだと思うし、また誘ってあげてね！】

【俺もマリちゃんと芽衣ちゃんのコラボ観たい！　こっちからアクション起こせば、い

つかはわかってくれるよ！】

『うん、そうだよね！　私も羊坂芽衣ちゃんと連絡取ってるから、牧草農家のみんなにいい報告できるように頑張るね〜‼』

配信を観ているリスナーたちにそう言いつつ、更に明るい笑顔を見せる少女、アルパ・マリ。

余談ではあるが、彼女は自分のファンたちを牧草農家と呼んでいるらしい。

Ｖｔｕｂｅｒ界隈にとっては自分のファンに特有の名前を付けるというのはよくあることで、そのＶｔｕｂｅｒのファンの中には与えられた呼び名をＳＮＳのアカウントなどで自称する者も多いのだが……まあ、この話はこの辺りで終わりにしておこう。

本日の正午、自分が薫子たちと打ち合わせを行っている最中に放送されたアルパ・マリの配信アーカイブを観る零は、さらりと昨日の騒動についての謝罪と今後の展望を発表する彼女のやり口にある種の関心を抱いている真っ最中だった。

「ほへぇ〜、こっちもこっちで雰囲気作りが上手いな〜。明るいムードをこれでもかって具合に作り出してやがるよ」

背景、ＢＧＭ、語り口、そのどれもがマリの明るい声にマッチしており、相乗効果となって更に陽気な雰囲気を作り出すことに一役買っている。

よくマーケティングし、他の配信を観て勉強して、こういった空気を作り出しているのだろうな……と、マリの配信の作り方に感心した零は、取れ高部分だけを視聴すべくシーケンスバーを操作し、コメント欄に表示されているオススメの部分を見るべく時間を移動させていった。

生配信はその名の通りのライブ感があるが、後から配信を観る時には面白さが凝縮(ぎょうしゅく)された部分を一目で観られるというのが助かるなと、忙しい社会人にとってはありがたい利点を思いながら操作を続ける零。

……まあ、自分は社会人と言えるかどうか微妙なラインであり、時間にもたっぷりと余裕があるのだが……という悲しい考えを振り払った彼は、まずはコメント欄にあった【芽衣たその良さを語るマリちゃん】という文字をクリックし、そこに表示されている時間へと飛んだ。

『芽衣ちゃんの良いところ？　そりゃあ全部でしょ‼　あのおどおどした感じとか、一生懸命頑張って配信してるのが伝わってくる雰囲気とか、最高だよね⁉　あんなかわいい妹が欲しかったな～と、マリちゃんは芽衣ちゃんのデビュー時から思っちゃったりしちゃったりしてます、はい‼』

表示されている時間にシーケンスバーが移動すると共に、大きな声で羊坂芽衣の魅力を語るマリの姿が映し出される。

　やはり彼女も他の羊坂リスナー同様、芽衣というか中の人である有栖の小動物感に保護欲をそそられたのだなと、性別問わずに人を魅了する有栖のかわいらしさを思い返した零もまた、アルパ・マリや牧草農家と同じく笑みを浮かべた。人が好きなものを語る姿というのは、実に良いものだ。

　別段、語られているものに興味がなくとも、話す人物の笑顔や弾む声に耳を傾ければこちらも楽しくなるし、新たな趣味と出合える可能性もある。それが明るい性格をしたマリの語りならばなおさらの話で、零も暫くは芽衣の良さを語る彼女の話に耳を傾けていたのだが――

『……だからさ、蛇道枢だっけ？　あの男性Ｖｔｕｂｅｒと絡むって聞いた時、すっごい複雑な気分だったんだよね』

　――急に、配信の……いや、アルパ・マリの雰囲気が変わり、これまでの明るい声色から吐き捨てるように言葉を発するようになったその温度差に、アーカイブを見ていた零が驚きに眉をひそめる。

　明らかに、その声色には蛇道枢への強い嫌悪感が込められていた。先の言葉の中で複雑な気分だと言葉を濁した部分も、普通に嫌な気分だったと聞こえるような語り口へと変化したマリは、同調するリスナーたちを相手に持論を展開し、蛇道枢へのアンチコメントを口にする。

『だってさ、考えてみてよ。あの人見知りしてる弱々しい感じの芽衣ちゃんがさ、いきなり異性と二人きりでコラボだなんておかしいじゃん。絶対に事務所か蛇道本人から圧力かかって、無理にコラボさせられそうになったんだよ！』

【俺もそう思う。芽衣ちゃんの性格考えると自発的にコラボしようとしたとは思えないよ】

【普通に裏で絡みがある二人だとは思えないしね】

【CRE8が蛇道枢の炎上を鎮火させるために芽衣ちゃんに尻拭いさせようとしたとしか考えられない】

『でしょ⁉　その後、流石にみんなの反応を見て事務所側がヤバいと思ったのか配信の中止が決定されたから良かったけどさ～！　下手したら、芽衣ちゃんの大事な大事な初コラボの相手があいつになってたってヤバくない⁉　ってか、事務所が発表したあの理由も絶対嘘だよ。普通に炎上が怖くてやめさせたんでしょ。勝手な理屈で芽衣ちゃん振り回しておいて、マジ最悪って感じだよね』

段々と……嫌な雰囲気になってきた。

マリ自身も、その話を聞き、彼女に同調する牧草農家たちも、蛇道枢へのヘイトが止まらなくなっている。

配信中に寄せられていたコメントにも過激な内容が含まれるようになっており、既に終わった放送とはいえ、その攻撃を向けられている張本人である零がひやひやとした気分でアーカイブを視聴していけば、マリの口から発せられる罵詈雑言が彼の心を抉(えぐ)ってきた。

『てかさ〜、あいつなんでCRE8に所属してるわけ？　何かとんでもない特技があるわけじゃないし、めっちゃイケボってわけでもないじゃん。居ても居なくてもいいどころか、居て不安要素にしかならない男だよね？』

【マジ邪魔だよ。推しのVtuberがあいつに手出しされたりしたらって考えると、ぶち〇したくなる】

【なんで男性Vをデビューさせたのか？　CRE8の社長の考えがわからんわ】

【百合(ゆり)の間に挟まる奴は死刑！　太古からそう決まってんだよね!!】

『そうそう！　百合の間に挟まろうとする奴は死刑！　私と芽衣ちゃんの間に挟まる蛇道も、牧草農家のみんなに蹴られて死んじまえって感じだよね！』

……流石に、これは言い過ぎなのではないだろうか？

言われている張本人である零もそうだが、この熱狂の渦に乗り切れないリスナーたちはこの配信を観てどう思うだろうということを、マリたちは考えていないのだろうか？

殺害予告や同業者の批判を平然と口にできる配信主やそのファンに対する嫌悪感というものを感じる零は、先程とは逆の感情を胸に抱いている。

人が、自分の嫌いなものを語る時というのはとても嫌な気持ちになるものだ。

聞いてる本人はただただ気分が悪くなるだけだし、万が一にも批判されているものがその人物にとって好きなものであった場合、悲しく辛い思いをしなければならなくなってしまう。

だからこそ、人はそういった話をできるだけ話さないようにするものなのだが……一部だけ、例外が適用される場面も存在している。

その物を、人間を、嫌う人々が集まった時。つまりは、アンチのみが集結した場面。

そこでなら好きに自分の嫌いなものを侮辱してもいい、幾らでも毒を吐いて構わない。

この状況から察するに、アルパ・マリと牧草農家の総意としては、『蛇道枢は悪である』という考えで一致しているのだろう。

アンチ同士が集まって嫌いな相手を貶すだけならば好きにどうぞといった感じではあるが……こういった動画サイトを用いた配信の中で堂々とそれを行ってしまうことに対

しては不快感を禁じ得ない。

仮に、この配信を何も知らない人間が観たのならどう思うのだろうか？　ということを想像していないマリたちの言動には、流石に零も難色を示していた。

「……まあ、個人勢だしな。このくらい過激なことを言っても大丈夫っちゃ大丈夫なのか」

零たちのような事務所に所属している企業勢Ｖｔｕｂｅｒと違って、個人で活動しているマリのようなタレントは、比較的過激なことをしやすい。

企業の中で明確に定められているコンプライアンスを守らなければならない企業勢と違って、個人勢は各自の判断でそのライン引きをすることができるからだ。

無論、その言動によって炎上する場合もあるし、配信サイト側からＢＡＮ（※アカウントの停止・削除）される可能性だって十分に有り得るため、何をしてもいいというわけではないが……この程度のアンチ発言ならば問題ないといえば問題ないのかもしれない。

さりとて、この発言が後々に何らかの拍子に発掘され、大きな活動を行おうとしているマリの足を引っ張ることになるかもしれないが……それも自己責任という奴だ。

少なくとも、こんな罵詈雑言を浴びせられている零が、彼女に忠告する義理はない。

　これ以上アーカイブを視聴しても嫌な気分になるだけであろうし、もう十分にアルパ・マリというVtuberの特色は摑めた。

　今後、関わりが生み出されるとも思えない相手の情報を得るために、無理をする必要もないだろう。

『あ〜、でも惜しかったな〜！　上手くいけば、芽衣ちゃんのコラボ処女も奪えたかもしれないのに〜！　……あ、今のなし！　ここだけの話にしておいてね‼　頼むよ⁉　牧草農家っ‼』

　マリが同性ならではの下ネタを披露すれば、リスナーこと牧草農家からはネットスラングで笑い声を意味する【ｗｗｗ】の文字や【はい、炎上】といった軽いコメントが返ってきた。

　無論、そういう雰囲気の集団なのだから問題はないといえばないのだが……この発言が許されて、自分が燃やされるというのも変な話だと、笑う気力もなくした零がマリの配信アーカイブを閉じる。

　有栖がこの配信を観たら、もっとコラボする気がなくなるんだろうな〜、などと思いつつ、罵詈雑言を浴びせられたことで暗くなった気分を晴らすために、零は軽く午後の散歩に出かけるのであった。

一方、会議室では

同時刻、【CRE8（クリエイト）】の会議室。

零（れい）が帰った後で薫子（かおるこ）との話し合いを行っていた有栖（ありす）は、それがひと段落するとすぐさま仕事用のスマートフォンを手に取った。

Vtuber（ブイチューバー）というタレント活動を行っている彼女にとっては、主戦場であるインターネット界隈のニュースや自分についての話題をリサーチするのも大事な仕事だ。

しかし、半分は趣味として楽しみながら行うはずのその行動を取る有栖の表情が浮かないことに気付いた薫子は、その疑問を直接彼女へとぶつけてみた。

「どうかしたのかい、有栖？　何か、心配事でもあるのか？」

「い、いえ、えっと、その……」

不意に声をかけられ、遠慮がちに薫子の気遣いを断ろうとした有栖であったが、そこで先程、零から何かあったら自分や薫子を頼るように言われていたことを思い出し、口を閉ざす。

いくばくかの逡巡の後、意を決したように口を開いた彼女は、自分が抱えている問題について正直に所属事務所の社長に相談することにした。

「……実は、あるVtuberさんから何度もコラボの誘いを受け続けてるんです。一度はっきりと断ってはいるんですけど、それでも食い下がられちゃってて……」

「……もしかして、その相手ってのはアルパ・マリかい？」

「は、はい……」

「連絡を取るとなると、SNSのダイレクトメッセージか。ちょっと見せてもらえるかな？」

しっかりと所属タレントの状況を把握すべく、有栖の許可を得てからスマートフォンの画面を見せてもらった薫子は、先々日から続くアルパ・マリからのお誘いメールに目を通すと、その執拗さに顔をしかめた。

「う～ん、面倒だねえ……きっちり断ってるみたいだけど、向こうも諦めるつもりがないみたいだ」

「はい……さっき阿久津さんにも相談して、二期生コラボが終わるまでは他の誰ともコラボするつもりはないって意志表示をさせてもらったんですけど、今確認したら、それでも食い下がられちゃってて……」

「ここまで好意を寄せてもらえてるのは嬉しいけど、これがストレスになって活動に支障が出たらマズいもんね。だけど、強い言葉を使って、この熱意がそのまま悪意に反転したらって考えるとそれも怖い、か……」

こくりと、自分が最も恐れていることを言い当てた薫子の言葉に有栖が頷く。

マリの活力が、自分への好意が、コラボを拒絶したことをきっかけにマイナスの感情へと反転した場合、彼女だけでなく一万人もの彼女のファンが押し寄せてくる可能性がある。

配信中のリスナーの暴走を止めることができない有栖にとって、自分めがけて無数の人間が石を投げてくるような状況は絶望以外のなにものでもない。

そういった事態を避けたいという気持ちと、元来の気の弱さが相まって、執拗に自分に声をかけてくるマリを拒絶し切ることができない有栖は、先日の配信の件も相まって、軽く憔悴した状態になってしまっていた。

「……一応、確認するよ。あんたにアルパ・マリとコラボをするつもりはない。少なくとも今は、彼女と関わりを持とうとは思えない……それで合ってるかい？」

「はい……」

薫子の確認に対して、力なく頷きながら肯定の意を示す有栖。

正直、マリ一人だけの相手ならばここまで憔悴することはなかったかもしれない。

問題は、先日の放送を視聴していたリスナーたちが、自分とマリとのコラボを楽しみにしているという言葉を投げかけてくることだった。

ぐいぐい引っ張るアクティブな性格をしているアルパ・マリと、気弱で誰かに主導権を握ってもらった方が活躍できそうな羊坂芽衣。

この二人の組み合わせは一見すると相性が良さそうではあるが、実際のところ、芽衣こと有栖の方はマリのような我が強い人間が大の苦手である。

こちらが断っているというのにもかかわらず、何度もコラボの打診をしてくることも相まって、有栖のマリへの苦手意識は更に強まっていた。

しかし、強気な姉と弱気な妹という女の子Ｖｔｕｂｅｒ同士の絡みを観たいという願望を抱いてしまった羊坂リスナーと牧草農家たちは、こぞって有栖へマリとコラボすることを懇願してくるのだ。

【マリめいのもこもこコラボ、期待してます！　蛇道枢に邪魔されちゃったけど、いつかは実現させてほしいです!!】

【マリお姉ちゃんに引っ張ってもらう妹芽衣たその姿が見える見える……てぇてぇした

いんで、コラボお願いします！】

【二人のコラボが観れるなら何でもします！　スパチャもいっぱい投げます！　だから実現させてください!!】

　必死になって懇願する者もいれば、ネットスラングや流行(はや)りの言葉を多用しておどけたメッセージを送ってくる者もいる。

　そういったファンたちの声に応えてあげたいという気持ちもなくはないが、有栖の本心としてはマリとは絡みたくないというのが正直なところだった。

……それに、本当にやりたかった蛇道枢こと零とのコラボがおじゃんにされたというのに、その代役として名乗りを上げた彼女と絡めというファンの言うことに簡単に従いたくない。という気持ちも少なからず心の中に存在している。

自分たちが観たくないものはやるな。自分たちが観たいものは無理してでもやれ。

　誰も口に出してはいないし、これが被害妄想(ひがいもうそう)である可能性も十分に高いのだが、有栖の耳には、目には、ファンやアルパ・マリからの言葉やメッセージがそんなふうに聞こえ、見えてしまっていた。

「……わかった。それじゃあ、あたしが事務所を通して先方に忠告しておくよ。あまり強い言葉は使わず、デビューしたてでまだまだ慣れる時間が必要ですので、今はそっと

してお いてください……って感じで向こうに話を通しておく。それできっと、大人しくなるはずだ」

「社長、でも――」

「有栖、私はあんたたちが所属する事務所の社長だ。私には、所属タレントの安全と心身の健康をケアする責任がある。しつこく迫ってくる相手に対して、責任者としてその行動を咎めることも私の仕事の一つだ。あんたが気に病む必要は何もないんだよ」

「薫子さん……」

優しく語りながら、有栖の肩を叩いた薫子が力強く頷く。

その温もりに涙腺を緩ませた有栖に対して再び頷くと、彼女は続けざまにこう語った。

「よく相談してくれたね。後は私とスタッフに任せておきな。万が一、私たちの忠告を受けてもあんたに迫ってくるようなら、こっちもより強固な姿勢を見せる。あんたは安心して自分の活動に専念してくれればいいからね、有栖」

「は、はいっ!!　ありがとうございます!!」

曇っていた心に光が差し込むような感覚に表情をほころばせた有栖が、笑みを浮かべて薫子に感謝の言葉を述べる。

一人で抱え込まず、薫子に相談して良かった。と……彼女に相談する勇気をくれた零にも感謝しつつ、全てが丸く収まりそうな雰囲気に安堵する有栖。

気分が軽くなったおかげかその後の話し合いもスムーズに終わり、夜の配信の準備も終えている彼女は、それまでの時間を久々に安らかな気分で送ることができていた。

……の、だが――


「マイク良し、スタジオソフト良し、飲み物良し……配信準備ＯＫ」

それから数時間後の午後九時。有栖は、本日の配信に際しての最終チェックを行っているところだった。

少しずつＶｔｕｂｅｒとしての活動に慣れてきたところではあるが、こういう時がとんでもないミスをしがちな頃合いだ。

慣れに気を抜いてついうっかり炎上の火種を作ってしまわぬよう、有栖は常に細心の注意を払って配信に臨んでいる。

何か一つでも失敗したら、そこからパニックになって問題を次々と引き起こしかねないと、自分の性格を熟知しているからこそ準備を怠らない有栖は、今日も気を引き締めながらＰＣの前に座った。

といっても、今日は一つ面倒ごとが片付いたおかげで、最近の配信前と比べれば結構心が軽くなってはいるのだが。

（アルパさんからのメッセージ、ぴたりと止まったな。やっぱり、薫子さんが事務所を通して話をしてくれたことが大きかったのかな？）

あんなにしつこく連絡してきていたアルパ・マリからのメッセージが薫子との話し合いの後にすっかり止まったことに安堵しつつも、有栖は様々な人に申し訳なさを感じていた。

動いてくれた薫子にもそうだが、やり方は苦手ではあるもののこんな自分とコラボしようとしてくれたマリや、自分のところのリスナーや牧草農家の人々の期待を裏切ってしまったことは、多少なりとも心苦しさを覚えるものだ。

だがしかし、有栖は後悔はしていない。

やはり、マリのような我が強い女性は苦手だと、そんな人と絡んでも自分がまともに話せるはずがないということを理解している彼女は、まずは少しずつＶｔｕｂｅｒとしての自分……羊坂芽衣として、経験を積みたいと思っていた。

まだまだ経験の浅い自分が、性格や趣味嗜好を把握できていない上に相性の悪いマリと二人きりでコラボ配信をするだなんて、流石に難度が高過ぎる。

何もかもをマリに任せては自分の経験値とはならないだろうし、逆にテキパキ動こうにも我が強い性格をしているマリを押し込める自信はない。

少なくとも、今はまだ彼女と絡むことに意味を見出せない有栖であったが、マリとのコラボを避けようとする一番の理由は、彼女のことがあまり好ましく思えないという部分であった。

昨日の羊坂芽衣の配信とそこで起きた騒動を受けてアルパ・マリが行ったお気持ち表明とでもいうべき配信は、当然のことながら有栖も目にしている。

少なからず彼女に迷惑をかけたことを申し訳なく思いつつ、打ち合わせの後にアーカイブでの視聴でその配信を観た有栖は、零と同じような不快感を抱いていた。

過激な物言いと適度な下ネタ、そこはどうだっていい。

個人勢には個人勢の強みがあり、企業勢Ｖｔｕｂｅｒにはできない過激な企画や歯に衣着せぬ言葉を口にできることは間違いなく彼らの武器だ。

アルパ・マリだって、それを活用しているに過ぎないのだから、そこは有栖だって気にはしていない。

問題はその後。【ＣＲＥ８】の、蛇道枢の、羊坂芽衣の……こちら側の情報を大して知りもしないのに、勝手な憶測だけで人を叩き、ファンを扇動して気に食わない人物を炎上させようとするその態度だ。

羊坂芽衣と蛇道枢のコラボ配信は事務所からの圧力だと言い切り、それを芽衣が迷惑がっていたと断言したマリの言葉には、何の確証もありはしない。

実際、それは根本からの大間違いであり、全てが的外れな意見ではあるのだが……裏側を暴露できない有栖たちにとっては、それを否定できる証拠を出せないのが辛いところだ。

一万人という数字は、決して少ない数ではない。

それだけの人間が一斉に蛇道枢を、零を責める姿を考えると、標的にされてはいないはずの有栖の体にも震えが走った。

マリも、牧草農家も、自分たちを正義だと思い込んで行動し、零へのバッシングを行い、引退させようとしている。

そんな大勢の人々を扇動して、悪意なくそんな残酷な真似ができるマリのことを、穏やかな性格をしている有栖が好きになれるはずもなかった。

「……阿久津さん、大丈夫かな？　また、変なメッセージが届いてないといいけど……」

そう、零のことを心配しながら、大勢の人々から罵詈雑言を浴びせられる彼の姿に、有栖は自分自身が経験した苦い思い出をよみがえらせてしまった。

大勢の人に叩かれる恐怖と、正義を振りかざして、あなたのためだという言葉を浴びせかけて、他人を操ろうとする人々の顔を思い出した彼女は、込み上げてきた吐き気を必死に抑える。

早くこのトラウマから脱しないと日常生活すら送れないじゃないか、と……自身を叱責し、心を立ち直らせた有栖は、数回深呼吸を行った後にPCと向き直った。

「そろそろ時間だ。始めなきゃ……」

アプリを操作し、配信開始のボタンを押した有栖は、画面を確認しつつ息を整える。

毎回、この瞬間は緊張するなと思いながら、入江有栖から羊坂芽衣へと意識を切り替えていった彼女は、配信の始まりを今か今かと待ち侘びてくれているリスナーたちの前に、Vtuberとしての姿を現し、いつも通りの挨拶を口にした。

『みなさん、こんばんめ～、です。【CRE8】二期生羊坂芽衣です。本日も私のお喋りに付き合ってください』

「おっ、始まったな。今回はうっかりコメント誤爆しないように注意して、っと……」

切り替わった画面に映し出されたやや緊張した面持ちの羊坂芽衣の姿を目にした零が一人呟く。

ぎこちなさを残しながらもオープニングトークを始める芽衣こと有栖の声を聞きなが

ら、それをラジオ代わりにして、零はサムネイル作りの作業を始めた。

一人で黙々と作業する時に感じる寂しさを紛らわせるために、何かしらの音楽やラジオを聞くというのは結構定番の手法だ。

様々な動画、配信サイトが普及(ふきゅう)した今、インターネットに接続できる機器さえ持っていれば、誰でも好きな時に好きな曲や番組を聞きながら仕事や勉強ができるとは、いい時代になったものではないか。

とまあ、そう長く生きているわけでもない零は、その利便性(りべんせい)に感謝しながら画像加工のアプリを使い、配信で使うサムネイルを作っていった。

「あんまりうるさくない配信ってのはこういう時いいよな。意識を持ってかれる心配もないし、落ち着いて作業ができる」

賑(にぎ)やかな歌声やゲームの音声が聞こえてくる配信というのも明るくていいが、何か作業をしている際にはちょっと遠慮したい。

そちらから聞こえる物音が気になって、仕事に集中できなくなってしまうからだ。

昔から零は勉強の際にはゆったりとしたＢＧＭをかけ、意識を集中させる癖のようなものがあったが、Ｖｔｕｂｅｒとしてデビューしたここ最近は、同業者の配信を漁(あさ)ってはいい感じに仕事に集中できそうなラジオ代わりになるようなものを探していた。

そんな中で出会った有栖こと羊坂芽衣の配信は、非常に穏やかで落ち着きのある零の趣向にぴったりとマッチしたものだ。

大きな声で騒がず、聞いていると落ち着く有栖の声と語り口を耳にしながらならば作業も捗るだろうと、同期の配信をチェックしながら作業効率の上昇も図れるという一挙両得なこの考えを思いついた自分自身へと賛辞を送りつつ、零がキーボードを叩く。

『あー、うん、ゲームのことね。まだ何やるかは決めてないけど、とりあえず二期生コラボでやるワレワレクラフトについてちょっと勉強しておこうかなって思ってます。みんなの足を引っ張ることになったら嫌ですしね』

昨日の配信で出した話題を引き継ぎ、今後プレイするゲームについて語る芽衣。

その際に巻き起こった騒動にはリスナーたちも触れず、芽衣自身もそれについて触れないようにしているおかげか、非常に緩やかな雰囲気で配信は進んでいる。

もしかしたら、そういった火種になりそうなコメントはモデレーター権限を持つリスナーが排除しているのかもしれないなと思いながら、零は昨日の炎上の影響を全く感じさせないその配信の内容にほっと胸を撫で下ろしていた。

(良かった、大丈夫そうだな。入江さんの雰囲気も昼間に会った時より明るくなってるし、問題は片付いたんだろう。)

Ｖｔｕｂｅｒとしてのモデル越しの感想であり、声の陽気さから感じ取っただけの零の個人的な勘ではあるが、どことなく今の羊坂芽衣の雰囲気は抱えている悩みが一応の解決を迎えたような感じがある。

そのことについても安堵すると共に、有栖が自分同様の炎上被害に遭わずに済んで本当に良かったと、数日前のコラボ騒動から連なる一連の事件についての収束が見え始めたことに、零は安心していたのだが……。

『あ、あれ……？　なに？　どういう意味、ですか……？』

「うん……？」

視聴者たちとの雑談を楽しんでいたはずの芽衣の声が、困惑の感情を見せると共に沈み始めたことを感じ取った瞬間、零は自身の覚えていた安心感に揺らぎを感じ始めた。

明らかに異変を感じさせる芽衣の雰囲気に異常事態を察知した彼は、一度作業の手を止めると配信画面を呼び出し、彼女を困惑させたであろうコメント欄の反応を見る。

【マリちゃんの動画から来ました！　事務所に圧力かけられてるって本当ですか⁉】

【ＣＲＥ８は所属Ｖｔｕｂｅｒに個人勢とコラボさせるつもりはないって噂の真偽（しんぎ）は？】

【どうしてマリちゃんとのコラボを断ったの？　いい話だと思うんだけど……】

「なんだ、これ……？　いったい何がどうなってやがる……？」

そこに流れるリスナーたちからの声に、眉をひそめることしかできない零が呻くような声を漏らす。

コメントとして寄せられるリスナーたちの声は、事務所と芽衣との間で行われた、アルパ・マリとのコラボに関する協議について詳しく聞かせてほしいというものが大半であり、その大半が根も葉もない噂を基にした、【CRE8】上層部への非難が大半だ。

アルパ・マリと羊坂芽衣のコラボを潰したのは、個人勢と所属タレントが関わることを避けたい【CRE8】側の考えを芽衣に押し付けた形の判断である。

彼らは事務所のブランドを守るため、チャンネル登録者やファンを稼げる可能性があるコラボを禁止するよう、芽衣へと圧力をかけた。

その結果、自分にラブコールを送ってくれたマリとのコラボを、芽衣は断らざるを得なくなった……という、妙な噂を本気にするリスナーたちの様子は、明らかに普段とは違うものだ。

事務所の内情を知る零や有栖からしてみれば、そんな噂は根も葉もないデタラメだということが断言できる。

だがしかし、有栖の感情や配信の裏側で何が起きているかを知る由もないリスナーたちからしてみれば、その噂が真実のように思えてしまうのだろう。

改めてそういったコメントを投稿する者の名前を確認してみた零は、そのほとんどに【牧草農家】というファンネームが付いていることに気が付く。

そして、同時に先のコメントにあった【マリちゃんの動画から来た】という一文を思い出した彼は、即座に新たな画面を開くと、アルパ・マリのチャンネルのURLを打ち込み、そのページへと飛んだ。

「元凶はこいつなのか？　何をしやがったんだよ……⁉」

予想通りというべきかなんというべきかはわからないが、マリのチャンネルにはつい数十分前に投稿された動画が上がっており、そのタイトルを声に出して読み上げた零の顔色が、みるみるうちに蒼白になっていく。

「『Vtuber事務所【CRE8】の闇　所属タレントの活動を縛るあくどいやり口』……だって？」

何が何だかわからない、といった表情を浮かべながらも、詳しく情報を収集するためにその動画を再生し、視聴を開始する零。

まだ動画投稿から一時間も経っていないのにもかかわらず、再生回数が彼女のチャンネル登録者数を遥かに超える三万回を記録していることに焦りと動揺を覚える彼は、動画の読み込み時間にも苛立ちを覚えてしまった。

「くそっ、早くしろよ……‼」

何がどうなっているのか、一刻も早く状況を把握しなければならない。

何か……自分たちの想像も及ばないとんでもない事態が起きていることを悟った彼が感じている苛立ちを声にして、何度もキーボードを載せている机に指を叩き付ける中、ロードを終了させたPCが、件の動画を再生し始めた。

『この動画を観てくれてるみんな、こんにちは。アルパ・マリです。いつものおちゃらけた感じじゃなくて申し訳ないけど、今回は結構マジな話だから、おふざけは無しでやらせてもらいます』

始まった動画の冒頭は、そんなアルパ・マリの挨拶から始まった。

彼女の言葉通り、昼過ぎに視聴した配信アーカイブの時とはうってかわった真面目な雰囲気で話す彼女は、その様子からこの動画が真剣なものであることを視聴者へと示しつつ、話を続ける。

『先日、私がVtuber事務所【CRE8】所属の女性タレント、羊坂芽衣ちゃんにコラボの申し出をした件はみんなも知ってるよね？　小火程度だけど、ちょっとした騒ぎが起きて私も芽衣ちゃんも炎上したし……リアルタイムで配信を観ていてくれた人もいると思うんだ。これはそこから続くお話でもあるから、軽く状況を説明しつつ話を進めさせてもらうね』

　そう前置きした後、今現在に至るまでの流れを解説していくマリ。

　自身が羊坂芽衣のデビュー時からのファンであること、彼女の初コラボ相手に問題があり、炎上した後にその話が流れたということ、その後に自分がコラボ相手として名乗りを上げ、自分から体当たりで話をしに配信に出向いたこと……などを解説していくマリであったが、一歩引いた位置からそれを観る零の表情は、彼女の話を聞くごとに困惑と懸念の色に染まっていった。

「なんだよ、これ……？　この話を聞く限り、まるっきり俺と事務所が悪者みたいじゃねえか⁉」

　マリの語りには、大きな問題と誤解があった。

　彼女の話は彼女自身の視点のみから語られているものであり、芽衣や【CRE8】側の事情は考慮されていないものなのだ。

　最初に蛇道枢と羊坂芽衣のコラボが持ち上がった時もそう。

　マリは、そのコラボを炎上を続ける蛇道枢の好感度を回復させるために【CRE8】側が芽衣に指示を出したという根拠のない話を持ち出している。

　実際、コラボの提案をしたのは事務所の代表である薫子ではあるが、あれは命令や圧力といった形ではなく、芽衣の中の人である有栖もその提案に承諾し、前向きな形で配信に臨もうとしてくれていた。

だがしかし、そういった話を無視している……というより、知る由もないマリは、芽衣の弱気な性格を理由に、そのコラボが事務所と蛇道枢の陰謀であるとの論を述べているのである。

『羊坂芽衣ちゃんの性格を知っている人ならば、このコラボが持ち上がったこと自体に疑問を抱くはずだよね？　彼女は弱気でおどおどしてて、他人と上手く話せないことを悩んでる臆病な女の子だよ？　そんな子が、初めてのコラボで男と二人きりで配信を行う？　しかも、相手は炎上の真っ只中にいる蛇道枢？　……どう考えてもおかしいでしょ。少なくとも、こんなコラボを芽衣ちゃん側が望んで提案したとは思えないし、なんのメリットもないこの話をあの子が飲む理由もない。この状況から考えても、上からの命令に逆らえない羊坂芽衣ちゃんに対して、事務所が圧力をかけて炎上中の蛇道枢の尻拭いをさせようとしたんだと思う』

それっぽい理屈を並べ、確実な証拠はないという部分を状況から考えたと言い換えて……あたかも真実を語るかのように、マリが視聴者に語り続ける。

そうして、この動画を観ている者に羊坂芽衣は事務所から圧力をかけられたという思い込みを大前提として刷り込んだ後、彼女は本題となる自分とのコラボについての話題へと移った。

『それから、話は昨日の芽衣ちゃんの配信の件に移ります。ぶっちゃけ、あのやり方は私もほめられたものじゃないとは思ってるし、芽衣ちゃんを困らせちゃったことに関しては反省してるけど……事務所に介入される前に言質を取るには、ああするしかなかったんだよね。さっき語ったようなことをあの子にさせる事務所だし、向こうは個人勢の私と絡ませて芽衣ちゃんに余計なことを喋らされるとマズいってわかってるんだと思うよ。明るく楽しいVｔｕｂｅｒ事務所の【ＣＲＥ８】ってイメージ……要するにブランドだね。それを守るために、厄介な相手とは共演ＮＧを出してるみたい』

これに関しては、一部は正しい情報が入っているのかもしれない。

新参者である零にはわからないが、自社のタレントと絡むことで著しい被害を及ぼすと考えられているVｔｕｂｅｒとの共演を避けるために事務所が動くこともあるだろうし、実際に零は極秘資料ということで、これまで【ＣＲＥ８】側が共演にＮＧを出した人物たちのリストを受け取ってもいる。

だが、それと今回の件は無関係であり、少なくともアルパ・マリと羊坂芽衣が絡むことによって【ＣＲＥ８】側が困ることなど何もないはずだ。

『話を戻すね。そうやって奇襲戦法でどうにかして芽衣ちゃんとの関わりを持とうとした私だったけど、それを邪魔する奴が現れた。芽衣ちゃんとコラボするはずだった男性Vtuber……蛇道枢だ。あいつはストーカーみたいに芽衣ちゃんの配信を見張ってて、私が姿を現した瞬間に全てを台無しにしやがった。世間ではあいつが芽衣ちゃんを助けたってことになってるけど、もっと前の段階から考えてみて？　あいつが【CRE8】の手先として、事務所に不利益な事態が起きないように動いてる奴だってことがわかるはずだからさ』

「おいおいおい……なに勝手なこと言ってるんだよ⁉　誰がそんな危ない奴みたいな真似するか‼」

謂れのないバッシングに怒った零が叫び声を上げるも、当然ながらその声が画面の向こうにいるマリに届くはずがない。

蛇道枢＝【CRE8】の手先というイメージを植え付け、その行為を糾弾するアルパ・マリの話はどんどんエスカレートしていくが、ここで彼女は妄想だらけの話の中にひとつまみの真実を加え入れる。

『それで……これが今日、私の所に届いたダイレクトメッセージ。差出人は【CRE8】のSNSアカウントで、内容は以下の通りね』

そう、前置きをしたマリは、画面上に自分宛のメッセージをスクリーンショットした画像を表示してみせた。

そうして、長いとも短いともいえないその文面を声に出して読み上げ、内容を視聴者へと説明し始める。

羊坂芽衣とのコラボを提案してくれたことはありがたいが、彼女は今、デビューしたばかりで地固めを行っている時期であるということ。

しかも同期であるＶｔｕｂｅｒたちとのコラボ配信を目前に控えており、事務所としてはそちらに集中してもらいたいと考えている。

申し訳ないが、今はそれ以外のコラボや企画について羊坂芽衣に話を振るのは止めてほしい。

活動にも慣れ、状況が落ち着いた時になって、芽衣自身がマリとのコラボに前向きな姿勢を見せたら、その時に改めて企画を進行していく形にしてくれ……というのが、【ＣＲＥ８】から送られてきたメッセージの大まかな内容であった。

『これさあ、丁寧な文章ではあるけど、要するに私に芽衣ちゃんにこれ以上絡むなって言ってるよね？　そもそも大事な時期だからそっとしておいてほしいっていうなら、どうして炎上中の蛇道枢と絡ませようとしたわけ？　矛盾してない？　まだこの間の騒動のことが気になるから、それが落ち着くまで待ってほしい……みたいな内容だったら納得できたけど、これって明らかにおかしいでしょ。っていうか、そもそもどうして私と芽衣ちゃんの間に事務所が介入するの？って話になってこない？』

そのメッセージについての自分の意見を述べたマリが、視聴者に問いかけるようにして【CRE8】への不信感をあらわにする。

確かに彼女の話を聞いていると事務所の介入は不自然に思えるが……裏の事情を知っている零には、何をいけしゃあしゃあと言っているんだという感想しか出てこない話だ。

「ふざけんな！　薫子さんたちが動いたのは、お前が何度もしつこく誘いのメッセージを送ってきたからじゃねえか！　それを棚に上げといて、何が事務所が介入するのはおかしいだ⁉　【CRE8】は、入江さんを守るために動いてるだけじゃねえかよ‼」

ようやく、零にもマリの魂胆がわかってきた。

彼女は自分の嫌いな蛇道枢だけではなく、【CRE8】をも巻き込んで炎上させようとしているのだ。

話を自分の都合の良いように脚色して、自分にまずそうな部分は隠し、あたかも問題は【CRE8】側にあるのだとファンを扇動する。

この話だけを聞けば、彼女の言葉を信じた牧草農家たちが【CRE8】の行動に問題があると思い込んでしまっても仕方がない。

そうして大いに炎上を煽り、大問題としてVtuber界隈を騒がせた後で、芽衣との話し合いを行える舞台に立てるよう、事務所に交渉を行おうというのだろう。

しかし、こんな真似をしても後々自分が苦しくなるだけだと、事実無根の情報を垂れ流してどうするのだと、マリの行動に疑問を抱く零であったが、そこでもう一つの事実にも気が付いてしまった。

「まさか、こいつ……本当に『羊坂芽衣が事務所に圧力をかけられてる』と思ってるのか⁉」

その大いなる勘違いに気が付いた零はまさかといった表情を浮かべたが、彼女の行動に納得のいく説明はもうこれしか思い付かない。

アルパ・マリは自分の語っている内容が真実だと自分自身で信じ込み、【CRE8】から羊坂芽衣を助けるために行動しているのだ。

そのために、あえて問題を大きくして、【CRE8】側が無視できない状況を作ろうとしている。

マリの頭の中では相手がこれまでの行動を謝罪し、事務所からの圧力に苦しめられていた芽衣が自分に感謝するといった形でのハッピーエンドが描かれているのだろう。

だが、しかし……先に述べた通り、それは大いなる勘違いであり、全てが明らかになった時に一番の被害をこうむるのは根も葉もないデマを広めたアルパ・マリ自身だ。

……いや、違う。マリよりも重篤な被害を、現在進行形で受け続けている人物がいる。

羊坂芽衣こと、入江有栖その人だ。

間違った情報を流布し、【ＣＲＥ８】のみならずＶｔｕｂｅｒ全体のイメージを悪くしたアルパ・マリが、【ＣＲＥ８】や羊坂芽衣のファンたちは勿論、自分の味方である牧草農家たちからもバッシングを受けかねない状況に陥ったとしてもそれは自業自得であり、同情の余地はない。

問題は、それに巻き込まれてしまった羊坂芽衣だ。

今の彼女は、悪い意味で注目を集めてしまっている。

事務所から強い圧力を受け、活動に制限をかけられた飼い犬のように扱われているかわいそうな少女というイメージを植え付けられた芽衣の動向には、Ｖｔｕｂｅｒ界隈全体が注目していることだろう。

その状況に、重圧に、有栖が耐えられるだろうか？

事実無根の情報を流され、実際には被害にも遭っていないというのにかわいそうな被害者として周囲から扱われ、なにがなんだかわからないままに世話になっている薫子や

【ＣＲＥ８】のスタッフたちへの悪口を聞かされる有栖が、精神の均衡を保っていられるだろうか？

十中八九、いや、１００％無理な話だ。気弱な彼女が、この状況に耐えられるはずがない。

むしろ、事務所にマリと自分との間に入ってもらったことがこの騒動の一因になっていると、自分が弱く、きっぱりと相手からの誘いを断れなかったせいでこんな状況になってしまっているのだと、薫子たちに頼ってしまった自分自身の弱さを責めている可能性の方が高いだろう。

『とりあえずさ、私はもう少しだけ水面下で動いてみるよ。コラボのお誘いはするなって釘を刺されちゃったけど、声をかけることは別段禁止されてるわけじゃないし、もしかしたら芽衣ちゃんが自分の境遇を話してくれるかもしれないじゃん？』

「止めろ、止めろ……!!」

『牧草農家のみんなもさ、芽衣ちゃんのことを気遣ってあげて。たぶん、色々と抱え込んでると思うし……最近の配信でも、芽衣ちゃんからそんな感じ出てるもんね』

「止めろって言ってんだろ、この馬鹿女!!　誰がそんな状況に追い込んでると思ってんだ!?」

羊坂芽衣の配信にやって来たリスナーの言動の原因を理解した雫が、自分勝手な正義の下に動くマリへと大声を出して叫んだ。

防音室の中に響く彼の声は怒りに満ちており、最初に浮かべていた困惑や動揺といった感情を示す表情もまた、今や激憤(げきふん)の紅(くれない)に染まっている。

本当に……こいつはたちが悪い。面倒くさいことこの上ない。

裏方の暴露を装いながら何の確証もない自分の妄想を垂れ流し、ファンを利用して炎上を引き起こして、相手を追い詰めていく。

何よりも問題なのは、マリをはじめとした芽衣の下に殺到する者たちは、完全に善意のつもりで行動していることだ。

自分たちは困っている羊坂芽衣を救うため、悪徳事務所から彼女を助けるために動いているのだと、彼らは思っている。

その錦(にしき)の御旗(みはた)が、掲げている正義が、何の筋も通っていないぼろ切れであることなど考えもせず、ただ妄信(もうしん)して芽衣の下に押し寄せているのだ。

そんなもの、暴徒(ぼうと)と何も変わらないではないか。

自分たちは正しいのだと、その行いは正義なのだと、だから大きな被害が出ても問題はないと……いや、そもそも自分たちの行動のせいで被害が出ていることなど最初から頭の中に考えとして存在していない牧草農家たちの迂闊な行動と、彼らを扇動するアルパ・マリへの怒りに拳を震わせる零であったが、今はそんなことをしている場合ではないと急ぎ終了したマリの告発動画を閉じ、芽衣の配信へと戻る。

自分が動画を視聴し、事態と状況の把握にかかった時間はおよそ五分から十分程度。

その間、芽衣の配信から目を離してしまった零は、たったそれだけの間にも悪い状況へと変化している配信画面を目にして、声を詰まらせた。

【CRE8から何か言われてるんでしょ？　思い切ってゲロっちゃいなよ！】

【俺たちみんな、芽衣ちゃんの味方だよ‼　なにがあってもついて行くから‼】

【一人じゃ怖いならマリちゃんを頼れば大丈夫さ！　必要があるなら、暴露系のVtuberに情報を流してみる？】

【待てよ。この配信も見張られてる可能性があるから、ここで何もかもを話すわけにはいかないだろ】

【芽衣たそが安心して全部を話せる方法をみんなで考えようぜ‼】

【CRE8潰す。蛇道枢もぶち○す。それで全部解決じゃね？】

【俺の人生一つで芽衣ちゃんや他の被害にあってるVtuberが救えるなら、安いもんだぜ……‼】

『あ、あああ……わ、わた、わたし、わたし……っ』

コメント欄には、【CRE8】や蛇道枢に対する罵詈雑言や危害を加えることを示唆するような発言が山のように寄せられている。

一瞬で流れ、消えていくコメントの主たちは、名前に【牧草農家】のファンネームが記されているものが大半を占めていた。

【CRE8】と蛇道枢への嫌悪感や不信感を種火に、アルパ・マリの告発動画を燃料として、羊坂芽衣の配信で起こった大炎上。

自分のデビュー時や、コラボ配信の発表の際とは比べ物にならないそれが、徐々に力を増した大炎と育っていく様子を目の当たりにする有栖のか細い狼狽の声が、いやに大きく聞こえる。

コメントの中には、そんな彼女の雰囲気を察知して【落ち着け】とリスナーたちに注意喚起を行う者もいるが、それもまた熱狂の渦に掻き消されて一瞬で流れ去ってしまっていた。

モデレーター権限を持つ者も、三千のリスナーの大半を占める炎上コメントを打つ者たちの勢いに負け、統制が間に合っていない状況のようだ。

【蛇道、お前見てるんだろ⁉　なんとか言ってみろよ‼　事務所の犬‼】

【芽衣ちゃんは俺たちが守るぞ！　お前やCRE8の好きにさせないからな！】

【引退！　引退！　とっとと引退！　蛇道‼】

「くそ、くそっ！　頼む、誰か出てくれ……っ‼」

これはもう、自分がどうこうできる問題ではない。

怒り狂ったファンと、それに便乗しているであろうアンチが放つ炎を、零が単独で鎮火できるはずがない。

先日のように、炎上の矛先を自分に向けさせて解決するような状況どころか、むしろここでのこのこと姿を現したら一瞬にして灰にされかねない勢いの炎上を目の当たりにした零は、【CRE8】事務所に急ぎ電話を掛け、事態の収拾を委ねようとした。

だが、しかし……現在時刻は、およそ午後十時。既に通常の会社は業務を終了し、社員は帰宅している時間帯だ。

もしかしたら誰かが残ってくれているかもしれないという淡い希望を胸に、連絡を取ろうとした零であったが、やはりその電話を取る者はおらず、段々と酷さを増していくコメントの様子に焦燥感だけが募っていく。

「マズい……！　薫子さんに直接連絡を取るか？　いや、あの人のことだからもう既に状況を把握してる可能性もある。だったら、俺が連絡することで逆に向こうの邪魔にな

るってことも――っっ⁉」

　ここから、どう動くべきか？

　今すぐの事務所との連絡を諦め、一度電話を止めた零は独り言を呟きながら再び芽衣の配信画面へと視線を向け……あることに気が付き、愕然とした。

　画面に映る羊坂芽衣のアバターが、先程からぴくりとも動いていない。

　やや俯いた、苦し気な表情を浮かべたまま一切の挙動を停止した彼女は何の声も発しておらず、その光景に気が付いた零の顔から血の気が引いていった。

（アバターが動いてないってことは、入江さんは今、PCの前にはいないってことだ。逃げた？　この状況に耐え切れずに逃亡したのか？　でも、それでどうなる？　まさか入江さん、パニック状態になってるのか⁉）

　配信をそのままに、PCの前から消えた有栖の状況から、様々な推理を巡らせた零は辿り着いた結論に息を呑む。

　リスナーたちの中にも数分もの間、ぴくりとも動かず、言葉も発しない羊坂芽衣の様子に気が付いた者がいるようだが、その人物たちの声は熱狂する牧草農家たちの声に飲み込まれ、掻き消されていた。

「どう、する……？　どうするべきだ……⁉」

ひしひしと感じる嫌な予感に、心臓を鷲摑みされたような不安を覚えながら、PCを置いているデスクに両手をついた零が焦る心を落ち着かせるようにして自分に問いかける。

有栖の住所はこの社員寮。部屋の番号も、彼女の口から教えてもらっている。行こうと思えば数分も経たずして行ける場所であり、自分が声をかけることで有栖が我に返る可能性があるのなら、そうすべきではないかという思いが零の中にはあった。

しかし、それがまた新たな炎上を引き起こす可能性だって十分にある。もしかしたら既にこの異変を察知した薫子が女性スタッフを有栖の部屋に派遣しているかもしれないし、自分が行っても何の役にも立たないどころか状況を悪化させるだけかもしれない。

（何が正しい？　どうすればいい？　俺が今、できることってなんだ……!?）

自問自答を繰り返しても、その答えが出ることはない。

時間にしてほんの数十秒。しかし、零にとっては数時間にも、数日にも思えるような苦難の時間が続く中……彼の心に過ぎったのは、昨日とあるリスナーから寄せられたあのメッセージだった。

「あのフォローができたのは蛇道枢だけだった。炎上してるあなただからこその行動に、僕は敬意を表します……」

自然と頭に、心の中に浮かび上がってきたその言葉を口にした零は、開いていた手をゆっくりと握り締めていく。

あの日、あの時、あの瞬間、困っていた有栖の姿を想像した自分は、自らを犠牲にすることで事態を収束させようとした。

その行動を取る時、迷いはなかったはずだ。これで良いのだと、そんな思いが心のどこかにあったはずだ。

今更、新たに得た好感度を失うのが惜しいか？　またバッシングを受け、心無い言葉を投げかけられることが恐ろしいか？

そんなことよりも今、目の前で苦しんでいるかもしれない同僚を見捨てることの方が、何千倍も恐ろしく、苦しいことだとは思わないのか？

そんな思いを胸に顔を上げた零は、次の瞬間には自分の部屋を飛び出し、有栖の部屋に向かって駆け出していた。

これが自分の杞憂(きゆう)で済めばいい、もう誰かが駆けつけていて、ただのお節介(せっかい)で終わるならそれで構わない。

だが、そうでなかった時、自分は絶対に後悔するだろうから……そう、浮かび上がった想いのままに駆け出した零は、苦し気な息と共に有栖への言葉を吐き出す。

「頼む、入江さん……俺が考えてるような馬鹿な事態にだけは、ならないでくれ……っ!!」

呻き声のような呟きを漏らしながら、懸命に有栖の部屋を目指して走り続ける零。

息を切らし、全力で駆け、階段を駆け上がった彼が以前に教えられた彼女の部屋に辿り着くまで、数分とかからなかった。

万が一の際のストーカー対策のために、部屋の表札には名前が書かれてはいないが……ここで間違いないはずだ。

この間にも状況が悪化していないかというハラハラとした気分を抱えながら、零は呼び鈴のチャイムを鳴らし、ドアを叩いて有栖へと呼びかける。

「いり……羊坂さん！　大丈夫ですか⁉　返事してください！　羊坂さんっ!!」

念のため、本名ではなくＶｔｕｂｅｒとしての名前を口にして、有栖の反応を待つ零。

しかし、何度チャイムを押しても、乱暴に家の扉をノックしても、彼女からはなんの返事も返ってこない。

無視されているのか、あるいは、自分の声に返答ができるような状況ではないのか。

後者であった場合のことを考えて焦燥感を募らせていく零が、その焦りの感情のままにドアノブを摑み、捻ってみた時だった。

「っ……!? あ、開いてる……!?」

きぃぃ、と鈍い音を鳴らして、手前側へと玄関のドアが開く様を目にした零が驚きと共に呆然とした声を漏らす。

不用心にも、有栖は部屋の鍵をかけていなかったのだろうか？ それとも、パニックになった彼女は取るものもとりあえず家を飛び出してしまったのだろうか？

あるいは、既に事態を把握した【CRE8】のスタッフがやって来ていて、中で有栖と会話をしているのか……？ と、様々な可能性に思考を巡らせた零であったが、意を決すると共にドアを開き、静かな足取りで室内へと入っていった。

「羊坂さん、俺です……いたら、返事をしてください。スタッフさんでも構いません。とにかく、返事を……!!」

考えた三つの可能性のうち、零は最後の可能性だけは有り得ないだろうと思っていた。

もしも有栖がスタッフと一緒にいるのならば、先の自分の呼びかけに対して彼女かスタッフのどちらかからの反応があるはずだ。

それがないという時点で、この場に有栖と零以外の第三者がいる可能性というものが消え去る。

三つの可能性の中で最もこうなっていてほしいというものが消えてしまったことに歯がみしながら、それでも一縷の望みに賭け、有栖たちへと声をかけながら零はそろりそろりと部屋の奥へと進んでいく。

（まず確認しなきゃならない場所は、配信部屋になってるはずの防音室だ。勝手に女の子の部屋を見て回るってのは気が引けるが……仕方がねえ！）

零の部屋の中を進む足取りには迷いはなく、慎重ながらも真っ直ぐに防音室へと向かっていた。

同じ社員寮に住んでいるおかげで、部屋の間取りは頭の中に入っている。

そのことに感謝しながら、部屋に向かう前に玄関に並ぶ靴を確認した零は、先程の考えの中から二つ目の可能性を消去した。

（靴は一足しかないし、きちんと綺麗に並んだままだ。パニックになって外に飛び出したってのは、ちょっと考えにくいな……）

右も左もわからないまま、パニック状態になって外に飛び出したにしては、玄関の様子は綺麗すぎる。

打ち合わせの際に目にしたのと同じ、有栖が普段履きしている靴がきちんと揃えられた状態で残っているということは、彼女がまだこの部屋の中にいる可能性が高いということだ。

三つの可能性のうち、今度は最もあってほしくない可能性が消えたことに零が安堵の息を吐く。

この時間帯に、有栖のような少女が一人で街に飛び出して何らかの犯罪に巻き込まれることを一番恐れていた彼にとっては、不謹慎ながらもこの情報は不幸中の幸いといえた。

しかし、有栖がこの部屋の中にいるのならば、どうして先程の自分の呼びかけに応えてくれなかったのだろうか？

少なくとも、今の彼女は平静を保っていられる状況ではないのだろうと、そんなあたりを付けた零が足を進めていけば、薄暗い廊下の先から、うっすらと漏れる光を見つけ出すことができた。

位置的に、あそこが防音室。つまりは有栖が配信を行っているであろう部屋。

やや大股でそこまで歩んだ零は、僅かに開いた扉の隙間から中の様子を窺い、その光景に目を見開く。

「入江、さ……っ⁉」

飛び出しそうになった大声を両手で口を塞ぐことで抑え、ギリギリの呟きとして漏らす零。

その視線の先では、ＰＣを置いてあるデスクのすぐ横で倒れている有栖の姿があった。

ぐったりとしたまま動かない彼女の周囲には、何らかの錠剤が散らばっている。

先程までの配信の流れと、有栖の性格、そしてその光景から最悪の事態を連想した零は、慌てて彼女の下に駆け寄ると小さなその体を揺すって必死に呼びかけの声を発した。

「羊坂さん！　しっかり、しっかりしてください‼」

「う、ぅ……」

こんな状況でも、頭の片隅では身バレを恐れる考えがあるものだ。

職業病といってしまえば笑える話だが、目の前で人が倒れている今の状況ではそんな余裕など欠片（かけら）もない。

頼むから取り返しのつかない事態にだけはなってくれるなと、そんな必死の願いを胸に有栖へと呼びかけた零は、彼女が小さな呻き声を漏らしたことに一瞬の安心感を得る。

だが、呻く彼女の顔色は明らかに蒼白で、周囲に散らばる薬のことを考えると、その容態がいつ急変（きゅうへん）してもおかしくはない。

良い方向に考えれば、緊張とパニックで何らかの発作（ほっさ）を起こした有栖がそれを抑える薬を飲もうとしたが間に合わず、意識を失って倒れ伏してしまった。

悪い方向に考えれば、精神的なストレスに耐え切れなくなった彼女は衝動的に大量の薬を飲み、自ら命を絶とうとした。

どうか前者であってくれと願いつつ、どちらの選択肢であったとしても有栖を病院に運ぶ必要があると考えた零は、懐からスマートフォンを取り出すと119の救急ダイヤルへと電話を掛けようとしたのだが――。

(そうだ、配信っ!!)

――まだ、羊坂芽衣の配信が切れていないことに気が付き、その手を止めた。

このまま放置していては何らかの問題が起きるだろうし、そろそろ視聴者たちも異変に気が付く頃合いだろう。

とにかく、ここは一度配信を切っておくしかない……と判断した零は、勝手で申し訳ないと思いながらPCの前に立つと、Vtuber『羊坂芽衣』としてのアバターを表示している【CRE8】製のアプリを操作し、その表示を切った。

そこから、以前に自分が送ったはずの『蛇道枢』の立ち絵を探し出した彼は、それを消えた芽衣の代わりに表示させると、困惑しているリスナーたちに向け、簡潔に用件を伝える。

「唐突にすいません、蛇道枢です！　本当に申し訳ないんですが、やむにやまれぬ事情があって、本日の配信はここで締めさせてもらいます！　何があったのかは落ち着いてから自分か羊坂さん、ないしは【CRE8】の方から発表があると思いますので、それまで待っていてください！　では、失礼します‼」

一気にそう告げた後、配信停止ボタンをクリック。

完全に配信が終わり、リスナーたちにこちらの状況が伝わらなくなったことを確認した後、改めて零がスマートフォンを操作して緊急ダイヤルへと電話を掛ける。

「す、すいません！　救急車をお願いします！　女性が一人、意識を失って倒れてるんです！　詳しくはわからないんですけど、薬を大量に飲んだかもしれなくて……はい、はい。住所は――」

電話口で対応してくれた女性へと状況と住所を伝える零。

慌てる彼を落ち着かせてくれた相手は、五分もすれば救急車が到着するということを零に伝えると電話を切った。

とり急ぎ、すべきことは全てした零は、電話を切った後に暫し呆然としていたが……はっと気を取り直すと、今度は事務所の代表である薫子へと電話を掛ける。

「か、薫子さん！　実は今、入江さんの家に居て……そう、放送事故みたいになってたから心配で、それで駆けつけたら――」

改めて、状況を説明し、何があったかを報告した上で薫子の指示を仰ぐ雫は、少し間が空いたことで冷静さを取り戻せたようだ。

外出中で今すぐには駆けつけられないという薫子に代わって有栖の付き添いを引き受けた彼は、どこの病院に搬送されたかと、緊急性があればそのことも報告することを約束してから通話を終えた。

そして、再び静寂が戻った室内で……倒れている有栖へと歩み寄った雫は、苦しそうに呻く彼女の体を仰向けに直すと、周囲の薬を拾い上げ、一人呟く。

「こいつの処方箋か何かがあればいいんだが……勝手に家探しするのはマズいよな……」

この薬が何という名前であるかがわかれば、スマートフォンでその名を検索することができる。

せめて毒薬のような危険な代物ではないかどうかだけでも知りたいところだが、自分の安心のために勝手に女性の家を捜索するというのも気が引ける話だ。

とりあえず、散らばっている薬を拾って、救急隊員に渡すことにしよう。

医療のプロならばこの薬の正体もすぐにわかるだろうし、診察や治療に役立つはずだ。

「う、ぅぅ……ぅぅぅ……」

力なく呻き、苦しむ有栖のためにやれることは全部やるべきだと、動揺が収まらないながらも同僚のために尽力しようとする零が必死に頭を働かせる。

どうしてこんなことになってしまったのか？　という思いと、このまま最悪の事態になったら……という不安感に苛まれながらの思考は、社員寮に近付く救急車のサイレンの音を耳にするまで続き、それまでの間ずっと、彼の心は有栖と同様の苦しみを味わい続けたのであった。

【閑話(かんわ)】とある掲示板での書き込み

160 Vtuber好きの名無し

羊坂芽衣が炎上してるってマ？

161 Vtuber好きの名無し

マジ。なんか男と同棲(どうせい)してる疑惑が出てる
ちなその男ってのが同じ事務所の同期である蛇道枢な

162 Vtuber好きの名無し

>>161 ソースどこ？

163 Vtuber好きの名無し

>>162 今日の羊坂芽衣の配信でひと悶着(もんちゃく)あったんだけど、その配信の締めを何故だか蛇道枢がやった
ビビった羊坂が彼氏呼んで自分の代わりに締めてもらったんじゃないかって噂になってる

164 Vtuber好きの名無し

バカスwww 普通に考えて同期と同棲してるってバレたら女Vtuberとして致命傷でしょwww

165 Vtuber好きの名無し

ビビり過ぎて思考能力パンクしてたんじゃねえ？
知～らんけ～ど～♪

166 Vtuber好きの名無し

ってことは蛇と羊は入社前からカップルだったのか？
恋人同士でオーディション受けたら2人とも受かっちゃって、そのままデビュー的な？

167 Vtuber好きの名無し
>>166 蛇道枢はスカウトされてデビューしたって話だから、そういうのとは違うと思う
でも【CRE8】入ってから恋人になったとしたら早過ぎる気がしなくもない

羊坂芽衣が超絶〇ッチだったら可能性は0じゃないんだろうけど

168 Vtuber好きの名無し
あの気弱なキャラは全部演技で、裏では男と楽しくやってたってことか
築き上げたイメージが傷付きまくってるし、もう羊坂芽衣も終わりだろ
蛇道枢は残り続けるかもしれないけどな

169 Vtuber好きの名無し
無理じゃね？
推しが引退する原因作った野郎を羊坂のとこのリスナーが叩かないわけないだろ

170 Vtuber好きの名無し
同棲説の他にも蛇道枢が羊坂を見張ってる【CRE8】のスタッフ説もあるぞ

171 Vtuber好きの名無し
あ～、アル馬鹿女が言ってる奴？
あれって羊坂が処女だって信じたいチー牛の妄想みたいなものでしょ？

172 Vtuber好きの名無し

>>171 マリちゃんのアンチ乙
割と信ぴょう性あって、それっぽい証拠も挙がってるの知らんのか

173 Vtuber好きの名無し

>>172 盲目信者乙
そもそも今回の騒動の発端ってアルパ・マリの動画なんだってことに気が付かないのか

174 Vtuber好きの名無し

アルパ·マリが【CRE8】の闇とかいう動画で羊坂芽衣が事務所から圧力掛けられてるって話をする（証拠なし）
↓
その話本当なんですか!?って馬鹿女の妄言を信じ込んだリスナーたちが羊坂芽衣の配信に殺到する
↓
羊坂狼狽、炎上が盛り上がってきた頃から無言に
↓
それからしばらくしてから蛇道枢が登場（立ち絵を表示してたからPCを直接操作してたと思われる）
羊坂に代わって動画を締める

これが一応の顛末な

175 Vtuber好きの名無し

>>174 サンガツ!

176 Vtuber好きの名無し

>>174 君よく有能って言われない？

177 Vtuber好きの名無し

これ見るとマジで蛇道枢の登場が意味わからんな
でも蛇道枢がスタッフだとしたら、配信が荒れてるのを見て羊坂の所に駆けつけたみたいな話がワンチャンあるのか……？

178 Vtuber好きの名無し

スタッフだから住所も知ってて、合鍵とかも持ってるって可能性は無きにしも非ずだな
蛇道枢はマネージメントスタッフ兼タレントとして雇われてるのかもしれん

179 Vtuber好きの名無し

それも大分ユニコーンに都合のいい話だけどな

180 Vtuber好きの名無し

割と本気で蛇道推してるから信じたいところはある
何があったのかを【CRE8】が包み隠さずに報告してくれることを願いたい

181 Vtuber好きの名無し

CRE8「羊坂の性格は演技でした。あいつは裏では男とヤリまくってます。蛇とは同棲してて、彼氏彼女の関係でした」

182 Vtuber好きの名無し

>>181 羊坂リスナー発狂不可避www

第三章

俺は、俺にしかできないことをやらせてもらう。
俺の中の熱に従ってな

後悔、自分に何ができる？

「……クソが。何も知らねぇ癖に好き勝手言いやがって……‼」

匿名で書き込めるインターネット掲示板を見ていた零は、その内容の悪辣さに嫌悪感を剝き出しにしながら呻き声を漏らした。

深夜にさし掛かりつつある時間帯の病院。

その中で一人椅子に座り、佇んでいた彼は、背後から迫る足音に顔を上げるとそちらの方向へと振り向く。

すると、血相を変えた様子の薫子が、足早にこちらへと駆け寄って来る姿が目に映った。

「ごめん、零。それで、有栖の容態は……？」

「……強烈なストレスで参っちまったんだろうって、病院の先生は言ってた。薬をがぶ飲みしたとかそんなわけじゃあなさそうだから、落ち着けばすぐにでも退院できるってさ」

「そっか……あんたから連絡を受けた時にはどうなるかと思ったけど、あの子の命が無事で良かったよ」

「入江(いりえ)さん、今は点滴打って眠ってるところだ。容態も安定してるし、明日の朝には目を覚ますはずだって」

いじっていたスマートフォンを上着のポケットにしまいながら、有栖の容態を薫子に説明する零。

恐れていた最悪の事態を回避できたことと、自身の心配が杞憂に終わったことを安堵する彼であったが、同時に上司である彼女に謝らなければならないことがあることも理解していた。

「……ごめん、薫子さん。俺、ちっとしゃしゃり出ちまったみたいだ。今度は洒落(しゃれ)にならない炎上かましちまったよ」

「有栖の配信を切ったことかい？　あれはあんたが気にすることじゃあないさ。あのまま放置していてもファンたちが余計に騒ぎ立てただろうし、何かの拍子に有栖の名前や住所がバレる可能性があったんだ。蛇道枢(じゃどうくるる)として配信を終わらせたあんたの判断は、決して間違いじゃあなかった」

「でも、結果としてまた俺は炎上しちまった。しかも今回は入江さんを巻き込んでの大炎上だ。なんかもっと、上手い方法があったんじゃないかってずっと考えちまうんだよ」

「零、思い込み過ぎだって。あの緊急事態で、有栖がどんな状態かもわからない時に、思考の全てが完璧（かんぺき）に働くはずがない。それでもあんたは十分によくやった。【ＣＲＥ８（クリエイト）】の社長として、責任者として、あんたの叔母として……私は、あんたの行動は正しかったって、絶対に言い切ってやれるよ」

「…………」

力強く薫子に励まされようとも、零の心が晴れることはない。

つい今しがた見てしまったインターネット掲示板の書き込みや、ＳＮＳ上でのＶｔｕｂｅｒ（ブイチューバー）ファンたちの反応が脳裏（のうり）にこびりついて離れないのだ。

羊坂芽衣（ひつじざかめい）は、蛇道枢と同棲しているのか？

あの弱々しい性格は全て演技で、リスナーたちを騙（だま）していたのか？

【ＣＲＥ８】は彼女を脅迫し、自分たちの思うがままに動かしていたのか？

他にも先の配信で浮かび上がった様々な疑問や懸念点について、ファンたちは納得のいく説明を要求している。

この件について、彼らに伝えられることはどれだけあるのだろうか？

その情報だけで、この炎上を鎮火させることはできるのだろうか？

これが蛇道枢だけの炎上で済むのならばそれでいい。だが、今回は勝手が違う。

折角これまで一生懸命に活動し、人前に立つ緊張と重圧に耐えながら順調に人気を得ていた羊坂芽衣の、入江有栖のＶｔｕｂｅｒとしての活動に陰りを落とすような事態になってしまったことを、零は激しく後悔していた。

あの放送事故を経て、謂れなき暴言と好奇の眼差しを浴び続けて、有栖は再びＶｔｕｂｅｒとして活動できるようになるだろうか？

今の羊坂芽衣は多くの非難を受け、これまでの配信も弱々しい少女を装ったロールプレイなのではないかという疑いの目を向けられている状態だ。

そんな重圧を感じながら有栖が配信を行えるかどうかと聞かれたら……おそらく、答えはＮＯなのだろう。

余計なことはせず、無言で配信を切るべきだったのではないだろうか？

蛇道枢の存在を感知させずに配信を終わらせれば、少なくとも羊坂芽衣が男と同棲しているなどという噂は立たなかったはずだ。

そうすれば、その噂を基にしたバッシングも起きなかっただろうに……と、後悔する零は、再び近くのベンチに座ると、意を決した雰囲気で薫子へと一つの提案を行う。

「薫子さん、やっぱもう無理だよ。蛇道枢は引退させるべきだ。このままじゃ俺のせいで【CRE8】の所属タレント全員に迷惑がかかっちまう」

「……なに弱気なこと言ってるんだ。まだまだこれからだろう？」

「もういいんだ、薫子さん。俺の境遇に同情して、居場所を作ってくれたことには感謝してる。でもこのままじゃ、薫子さんの努力の結晶である【CRE8】が潰れちまうよ。実際、入江さんは俺のせいでとんでもない被害に遭った。最初に俺とコラボ配信するって話が出なきゃ、あの人がこんな目に遭うこともなかったんだ。今回の騒動の責任を蛇道枢に押し付けて、俺をクビにしたっていえば、きっとファンたちも喜んでその判断を称賛するはず――」

「……零、少し黙って。私は、あんたをクビにするつもりはない。蛇道枢も引退させるつもりはないよ」

自分に責任を押し付け、それでこの騒動を決着させろと提案する零の言葉を途中で遮(さえぎ)った薫子は、彼の隣に座ると大きくため息をつく。

どうしたものか、何から話したものかと考えているような表情を浮かべた彼女は、再びため息をつくと共に、自分を見つめる零へとこう話を切り出した。

「……あんたは、私を甘く見てるよ。私はね、いくらあんたがかわいい甥(おい)っ子だからって、両親から家を追い出されたかわいそうな境遇だからって、それに同情して会社の大事な業務を任せたりなんかしない。あんたをうちのＶｔｕｂｅｒタレントとしてデビューさせたのには、あんたならこの大役を任せられると思ったからだ」

「……女性ファンを掴むなら、もっといい声してる奴とか特技がある奴だっているはずじゃないですか」

「違う、そうじゃない。私があんたをスカウトしたのは、あんたが表も裏もない真っ直ぐな男だったから。そして、あんたが人の弱さに寄り添える人間だからなんだよ」

「人の、弱さに……？」

そう、自分をＶｔｕｂｅｒとしてスカウトした理由を告げた薫子へと零が視線を向ければ、彼女はどこか遠くを見つめながらこんなふうに言葉を続ける。

「Ｖｔｕｂｅｒに限った話じゃないが、ああいった活動をする人間ってのは眩いくらいの光と漆黒なんて表現すら生易しい闇の両面に触れるもんさ。うちのタレントたちはみんな、配信ではキラキラした自分を見せているが、その裏では何百倍もの苦労や困難に直面してる。厄介なファンへの対応、配信企画の準備、謂れなき誹謗中傷やアンチやなんやらかんやら……本当、バーチャルは面倒な世界だよ。でも、あの子たちは全員、そんなものに負けてへこたれてはいられない。誰もが憧れ、応援したくなるような存在にならなきゃいけないっていう、強い覚悟があるからだ。でも、だからこそ……あの子たちには、誰にも見せられない闇の部分に寄り添ってくれる誰かが必要なんだと、私は思うんだよ」

「……」

「そして、それはあの子たちを応援するファンたちも同じだ。夜空に輝く星座が綺麗であればあるほど、それに手を伸ばすことをためらう人間だっている。この小さな携帯機器の画面の向こう側にいる存在が、宇宙の果てにいるように感じられるような……強い光に自分の中の闇を暴かれることを恐れて、立ち止まってしまう人間だって山ほどいるんだ。私は、そんな人間の弱い部分に寄り添ってやれるような誰かを欲していた。煌びやかな世界で、たった一人だけ燃えて、火だるまになって、ボロボロになったとしても負けずに歯を食いしばって立ち上がれる誰かを探してたんだ」

自らのスマートフォンを取り出し、真っ黒な画面を見せつけながら語った薫子が、真っ直ぐに零の目を見つめた。

その視線と言葉を受け止めながら、それでも納得できない零は、彼女へと噛み付くようにして言葉を発する。

「じゃあ、その条件を満たせる女を見つければいい。【ＣＲＥ８】は女性アイドルＶｔ

uberを擁する事務所。男のVtuberなんて、誰も欲してないんだから」

「違う。【CRE8】はアイドルの事務所なんかじゃない。全力で今日を生きる人間を応援し、そいつらの明日を創り出すための活動を行う場所だよ。現に今、うちでVtuberとして活動してる奴らには、変えたい今があって、なりたい自分がいる。私はただ、そいつらの熱に惚れ込んで、そいつらが自分の手で明日を創り出す光景を間近で見たいだけなのさ。偶々、一期生全員が女だったせいで、ファンたちも何か勘違いしてるみたいだが……【CRE8】の本質は、理念は、そういうものなんだ」

そう語る薫子の言葉に、零は同僚であり、今も眠り続けている有栖のことを思い出す。

彼女は気弱で臆病な自分を変えるためにVtuberとして活動している。

緊張するとパニックになってしまう彼女が、それを押し殺しながら毎日のように人前に立ち続けるというのは、自分の想像を遥かに超えた気合いが必要なのだろう。

強い自分になりたい。弱い自分に負けたくない。変えたい今があって、叶えたい自分の姿がある。

それが、有栖の熱。彼女が恐怖を抑えて配信という名の舞台に上がり続ける、最大の理由。

薫子を惚れ込ませたその熱に、夢に、思いを馳せた零は、ぐっと歯を食いしばると苦し気に吼(ほ)えた。

「なら、なおさら俺は必要ない。俺にはそんな熱はない。俺はただ、生きるためにこの仕事をしてるだけだ。俺にはそんな、なりたい自分や叶えたい夢なんてもんは、ない……!!」

「あるさ。あんたには自分が気が付いてないだけで、心の中に熱いものを持ってるんだよ。私はそれが燃え上がるところを見てみたい。だから、あんたをスカウトした。これまでずっと酷い目に遭いながらもへこたれず、人の弱さや醜(みにく)さを見続けてきたあんただからこそできる何かが、実現できる何かがある。私が蛇道枢に、阿久津(あくつ)零に期待してるのは、そういうことなんだ」

「……わかんねえよ。俺に何ができるのかも、俺が何を期待されてるのかも、全然わからねえよ。こっから俺、どうすればいいんだよ……!?」

事務所に女性ファンを付けるために、丁度良いところにいたからスカウトしたわけじゃない。

薫子には、零に見せてほしい何かがあった。だから彼を蛇道枢として【CRE8】でデビューさせることに決めた。

だが、それを伝えられたところで今の零に自分が何を成すべきなのかを理解できるはずもなく、途方に暮れるばかりだ。

そんな零の様子をちらりと横目で見た薫子は、座っていたベンチから立ち上がると
……彼の肩を叩き、静かに告げる。

「……もう、今日は帰りな。んで、また明日ここに来るといい。あんたが寄り添うべき弱さと、あんたを導いてくれる星がきっと見つかるはずだから」

「え……っ？」

意味深な言葉を口にした後、有栖を担当する医師の下へと、彼女の容態を確認するために歩いていく薫子。

その背を呆然と眺める零であったが、何かを思い出したかのように足を止めた彼女が振り返る姿に、びくりと体を震わせる。

「……ありがとうね、零。有栖のことを助けてくれてさ」

「あ、いや、その……」

しっかりと、自分がすべきタレントのフォローを代わりに行ってくれた零への感謝を告げてから、今度こそ医師の下へと薫子が歩んでいく。

再び、その背を見送りながら……零は、彼女の言ったことの意味を考え続けるのであった。

翌日の午後二時頃、片手に見舞い用のコーヒーゼリーが入った小箱を手に、零は有栖が入院している病院へとやって来ていた。

昨晩、薫子にもう一度ここを訪れるよう言われていたこともあるが、純粋に有栖のことが心配でもあった彼は、彼女が入院している個室のネームプレートを確認すると、意を決してノックし、その扉を開ける。

「う、うっす……！　失礼、します……」

「……来たね。まあ、座んなよ」

室内では自分を待ち受けていた薫子と、彼女と会話をしていたであろう有栖の姿があった。

自分から視線をそらし、目を合わせようともせず、一言も言葉を発しない有栖の姿に若干の気まずさを感じながらも、零は薫子に言われるままに用意された椅子へと腰を下ろす。

「あ、これ、良ければどうぞ。つまらないものですけど……」

「おっ⁉　コーヒーゼリーじゃ〜ん‼　気が利くねえ！　流石は私の甥っ子だ‼　有栖、後で食べておきな！　病院食だけじゃあ味気ないだろう？」

「……はい」

薫子に声をかけられてようやく声を発した有栖は、それでも零の方を見ようとはしない。

もしかしたら、余計なことをして炎上に巻き込んでしまった自分に対して怒りを募らせているのかもしれないと、昨晩の自身の行動に不安を抱く零であったが、薫子はそんな彼を無視して立ち上がると、二人に向かって陽気にこう言ってのけた。

「そんじゃ、後は若い二人にお任せして、私はちょっと席を外すよ。話が終わったら声をかけておくれ」

「えっ⁉　か、薫子さん？　マジで言ってるんですか⁉」

「ああ、本気だよ。そんじゃあ、ごゆっくり～‼」

「あっ、ちょっ⁉　薫子さん⁉　薫子さ～ん⁉」

なんと、この気まずい状況の中で自分を有栖と二人っきりにして退散した薫子は、個室のドアをぴしゃりと閉めると完全に姿を消してしまった。

その行動に呆然としていた零であったが、ここからどうすればいいのかとあれこれ思案した挙げ句、とりあえず有栖へと無難な会話を振ってみることにしたようだ。

「あ、あの……体は、大丈夫ですか？　退院とかの予定は立ってます……？」

「……今日は安静にして、明日の昼に退院する予定です。一応、倒れた時にどこか打ってないかを確認するための検査はするみたいですけど、自分ではそんな不調は感じていません」

「そ、そっすか！　そりゃあ良かった！　なははははは、は、はは……」

普通に明るいニュースのはずなのだが、どうしてだかそのことを話す有栖の雰囲気が暗い。

少しでも場の空気を軽くしようと軽快な笑い声を出した零も、そのどんよりとした雰囲気に負けて、乾いた笑いを口にすることしかできなくなっている。

どうにかして、この状況を打開せねば……と、考えた零であったが、少し考えた後に真顔になって首を振った。

今の状況で、有栖が気軽に笑えるはずなどないのだと、昨晩から続く騒動に思いを馳せた彼は、椅子から立ち上がると大声で彼女へと謝罪の言葉を口にする。

「入江さん、本当に……すいませんでした！　俺のせいで、入江さんに迷惑がかかる結果になっちまって、本当に申し訳ないです‼」

「………」

深々と頭を下げ、有栖へと詫びる零。

土下座までするとパフォーマンスに近い謝罪になってしまうだろうと考え、真摯に頭を下げて自分の失態を謝罪する彼であったが、有栖はそれでも顔を俯かせたまま何も語ろうとはしない。

やはり、相当な怒りを覚えているのかもしれない、と有栖の心境を察した零が表情を強張らせる。

が、しかし……そんな彼の耳に、か細く小さな有栖の声が届いてきた。

「……して……」

「えっ……!?」

「どうして、阿久津さんが謝るんですか？　謝罪をするべきなのは私の方なのに……!!」

ぎゅっと、シーツを握り締めながら、その手を震わせながら、弱々しい声を発する有栖。

俯いている彼女の目の辺りからは後悔と申し訳なさの感情から生み出された温かい雫が零れ落ちており、その声もまた段々と震えた泣きじゃくるものへと変わっていった。

「配信のコメントを制御できなかったのも、事務所への疑惑を否定できなかったのも、パニックになって気絶して、放送事故を起こしちゃったのも……全部、私の責任じゃないですか。阿久津さんはそんな私の尻拭いをして、助けてくれただけ。何もできない弱い私のフォローをしてくれただけ。それなのに……あんなに、酷いことを言われるだなんておかしいですよ……！」

嗚咽しながらそう語り、顔を上げた有栖の顔は、涙でひどくぐちゃぐちゃになっていた。

おそらく、この顔を見られたくないがために俯き続けていたのだろうなと彼女の反応に合点がいった零へと、今度は有栖が深々と頭を下げて謝罪の言葉を口にする。

「ごめんなさい！ごめんなさいっ‼ 私のせいで、阿久津さんにとんでもない迷惑をかけて……‼ コラボの時からずっと、私は阿久津さんに迷惑をかけっぱなしです！阿久津さんは何もしてないどころか、ずっとずっと私のことを助けてくれていたのに……尻拭いさせてるのは、私の方だっていうのに……阿久津さんばっかり炎上して、私は何もできないで！ 本当に、ごめんなさい……っ‼」

「い、いや！ そんなことないですよ‼ そもそも、ほら！ コラボに関しては、俺の非の方がデカいじゃないですか‼」

これまでの短い付き合いの中で、一番の声量を出して謝罪の言葉を連呼し、自分自身を責める有栖の様子に慌てながら、零は自分にも責任はあると話を切り替えようとした。

真っ赤になった目をこちらに向け、自分の話に耳を傾けてくれている有栖へと大きな身振り手振りを見せながら、零は必死になって自分の責任を彼女に伝える。

「薫子さんからコラボを持ち掛けられた時、俺って大絶賛炎上中だったわけでしょう？　普通、あの状況なら相手のことを考えて、断るのが当然ですって！　それなのに、薫子さんからの提案だったから断りにくくって、結局流されるままに俺が承諾しちまったせいで、入江さんが悪い意味で目立ち始めちゃったでしょう？」

「……い、ます」

「よくよく考えてみれば、あのアルパ・マリが積極的に動き始めたのって、俺と入江さんがコラボするって話になった時からじゃないですか！　やっぱしあそこでコラボを断っておけば、入江さんが心労を抱えて入院するようなことにはならなかった――」

「違いますっ！　それも、それも……全部、私のせいなんですっ‼」

どうにかしてフォローを入れて、有栖に自分を責めるような真似をさせないようにしようとした零の言葉を、彼女自身が遮る。

やっぱりああいう性格をしているから、思い詰めると人一倍責任を感じてしまうのか……と、有栖の性格から考察を深めた零であったが、彼女と視線を交わらせた時、それとは違う何かを感じ取った。

「何も、何も悪くないんです……阿久津さんも、社長も、何も悪くない。悪いのは、全部私なんです……」

そう語る有栖の声が、表情が、確かな罪悪感とそれを抱える理由があることを物語っている。

何もかもが自分のせいだと思い詰めて、強迫観念に駆られて自分を責めているわけじゃあない。

彼女は、この一連の炎上の責任が自分自身にあることを、明確に自覚しているのだ。

「……ごめんなさい、阿久津さん。きちんと、最初からあなたには伝えるべきでした。私が臆病だったばっかりに、あなたをこんな騒動に巻き込んでしまって……」

「伝える？　俺に？　いったい、何の話をしてるんですか？」

要領を得ない有栖の言葉に、ついつい率直な疑問をぶつけてしまう零。

その口振りから、彼女が何かを隠しているということを感じ取った零の訝し気な視線を浴びながら、涙を手の甲で拭った有栖が、しゃくり上げながら彼へと真実を告げた。

「あの、コラボは……薫子さんからの提案なんかじゃないんです。私が、薫子さんに仲介してもらって、セッティングしてもらった……私が発案したコラボだったんです……」

「え……っ⁉」

唐突なその告白に、零の思考は置いてきぼりを食らってしまった。

炎上中の蛇道枢と羊坂芽衣のコラボは所属事務所【ＣＲＥ８】の発案ではなく、有栖が自ら計画し、薫子に実現してもらえるように働きかけたという彼女の言葉に、流石の零もぽかんとした表情を浮かべている。

何故？　どうして？　という言葉が頭の中を駆け巡る中、彼のその疑問を察した有栖は、大きく息を吸うと自分自身の全てについてを語り始めた。

「私、実は……『女性恐怖症』、なんです。一部の例外を除いて、同性の方と顔を合わせると頭の中が真っ白になって、パニックになっちゃって……何も考えられない、言えない、そんなふうになっちゃうんです」

「えっ……⁉」

「……少し、つまらない話をさせてください。聞いてて気分のいい話じゃないと思うんですけど、阿久津さんに聞いてほしいんです」

再び、俯いたままそう自分に告げる有栖の横顔を呆然としたまま見つめていた零は、その表情から彼女の覚悟を感じ取ると、大きく頷いてみせた。

零の対応に感謝するように、僅かに視線を彼へと向けた後で、有栖は己の抱えている痛みとその原因について話し始める。

「私は幼稚園の頃から、私立の『お嬢様学園』と呼ばれるような学校に通っていました。

エスカレーター式の学校で、幼稚園、小学校、中学校、高校……と、ほぼ同じ顔ぶれが揃う学園で、結構偏差値も高い学校だったんです。でも、私は……中学校に上がった頃から、ほとんど学校に行かずに引き籠もるようになりました。行ったとしても保健室に入り浸って、授業もまともに受けない日々が続いたんです」

「それは、どうして……？」

「……もう、おおよその予想はついていると思いますが……いじめです。小学四年生の頃から、私は同級生たちから執拗ないじめを受けるようになったんです」

おぞましい過去を思い返した有栖の体が、恐怖によって大きく震える。

先程よりも強くシーツを握り締め、声を震わせる彼女は、それでも自身の心の根源にある出来事を零へと語り聞かせていった。

「最初は小さな悪口から始まって、どんどんそれがエスカレートしていきました。無視されて、私物を隠されて、トイレに入っているところに水をかけられて……そうやって、何が原因であるかもわからないままに幼稚園の頃からの同級生たちからいじめを受けるようになった私は、いつしか学校に行くことが怖くなっていったんです。それで、中学に昇級したのをきっかけに、引き籠もりになって……」

「教師は？　そんだけいいところの学校だったんなら、動いてくれるんじゃゃ……？」

「……いいところの学校だからこそ、ですよ。立派な名門私立校としてのブランドを守りたい学校は、いじめの事実を黙殺しました。誰も、何も動いてくれなかった。私が助けを求めてるのに、先生たちは見て見ぬふりをして……唯一力になってくれた保健医の先生がいなかったら、私は全てに絶望していたでしょう」

少しずつ、零は有栖が抱えているものを理解していくと共に、彼女の苦しみの根幹にあるものを感じ取っていた。

女性に囲まれた環境の中で、自分を苦しめ続ける同級生や教師たちの姿を見たことが彼女の心にトラウマを植え付けたのだろうと……そう、思い始めた零であったが、事態は彼の想像を超える深刻さを見せていく。

「……でも、私を一番追い詰めたのは、同級生たちでも先生でもないんです。私が一番いやだったのは……母親からの、罵詈雑言でした」

「えっ……⁉」

寂しそうに……いや、それすらも通り越した空虚な呟きを口にした有栖の声には、感情というものが乗っていなかった。

何もかもを諦めたような、それでいてその痛みが一生残り続けることに苦しんでいるような、そんな呟きを漏らした彼女は、遠くを見ながら零へと自身の母について語る。

「同級生たちからのいじめを受けた時、私が真っ先に相談したのは母でした。苦しくて、辛くて、もう耐え切れないって必死に助けを求める私の叫びに対して、母は……お前が悪いんだって、吐き捨てるように言ってきたんです」

心の中に落ちる、冷たくてどす黒い塊のような思い。

その感情の名前が絶望であることを知っている有栖が、乾いた笑みを浮かべながら語り続ける。

「いじめられるのは、周りの人間に気に入られないのは、お前に問題があるんだ……その問題点を見つけて、自分で解決しなくちゃ駄目なんだって、母は言ってました。でも、具体的にどこが悪いのかは教えてくれないんです。ここをこうしろとか、どんなふうに他人と接しろとか、そういうことは何も教えてくれない、言ってくれない。ただ自分の理想の娘の姿を押し付けて、そうなれない私を罵倒して……全部全部、あなたのために言ってるのって、そう、私に言うんです」

「っ……‼」

「昔っから、母はそういう人でした。自分の願望を叶えるためなら、私がどんな辛い目に遭っても構わない人だった。あの人は、お嬢様学校に通う娘を一人で育てあげたっていう周囲からの尊敬の眼差しが欲しかったんです。そのために、私を無理にあの学校に通わせ続けた。いじめを受けるのはお前が悪いんだ。お前が完璧な娘じゃないからだ。そう、言い続けて……それで、あの人は……っ⁉」

「もう、いい。もういいですよ！　もう十分、わかりましたから……‼」

あまりにも苦しそうな有栖の様子を見ていられなくなった零が、彼女の言葉を遮るようにして叫び声を上げた。

その過去を、女性を恐れるようになった原因を、自身の口から語って聞かせた有栖は、両手で顔を覆いながら呻くようにして声を漏らす。

「私の頭の中ではずっと、母の声が響き続けてるんです。お前は駄目な娘だ、完璧じゃない、失敗作だ……って、そんな母の声が鳴り止まない。私は、私はただ、一言だけ言ってほしかった。『あなたは悪くない』って……！　辛かったね、苦しかったねって、そう言ってもらって、私の、中の痛みに、寄り添って、ほしかった、ただ、それだけだった、のに……」

「入江さん……」

行き場をなくした痛みが、その小さな体で、たった一人で抱え込むしかなくなった苦しみが、今も有栖を縛り続けている。

もしも彼女の母親が、いじめを受ける娘を抱き締め、励まし、彼女の痛みと苦しみを分かち合ってくれたなら、有栖は引き籠もりにはならなかったかもしれない。

自分は駄目な人間で、弱く、臆病で、何の取り柄もない女だという思いが、長年のいじめと母からの言葉によって有栖の心に刷り込まれてしまった。

しかし、今の彼女はその呪縛を自らの力で打ち壊そうと努力している。

【CRE8】に所属し、Vtuber『羊坂芽衣』となり、多くの人たちの前に立って、自分自身の弱さを克服しようと足掻き続ける有栖の中には、確かな熱となりたい自分自身のビジョンが存在していた。

「……そんな時でした、【CRE8】の新人Vtuber募集記事を目にしたのは。叶えたい夢を、なりたい自分のビジョンを持つ人を応援する……スタッフと、ファンと、タレントが一体となって一緒に明日を創っていくっていう記事を読んだ時、これだって思えたんです。弱い私が、新しい自分として生まれ変わって、少しずつでも前に、明日に進んで行けるようになる最後のチャンスかもしれない。そのために今、勇気を振り絞って一歩踏み出す時が来たんじゃないかって考えて、オーディションを受けて、それで――」

「……あなたは受かった。羊坂芽衣として、【CRE8】からデビューすることが決まった」

「……合格の通知が来た時は、本当に嬉しかった……！　こんなに情けなくてちっぽけな私の夢を、薫子さんは応援するって言ってくれました。今までずっと、誰にも寄り添ってもらえなかった私の脆い部分が受け入れられたみたいで……上手く言葉にできないけど、救われた気分になったんです。だから、薫子さんから受けた恩に報いるためにも、自分の夢を叶えるためにも、頑張ろうって決めました。女性恐怖症に負けてなんかいられない。私はここで変わるんだって……そのために、まずは男性の阿久津さんとお話しして、誰かとお喋りする練習をしようって考えて……コラボのために働きかけてくれるよう、薫子さんにお願いしたんです」

「そういうことだったんですね……」

それが、薫子の言う熱かと、零が理解する。

母親の言葉に負けない強い自分。完璧じゃなくとも、自分自身に胸を張れる強い自分。羊坂芽衣という分身と共に、自らが思い描く強さを得るために、有栖は今日まで戦い続けてきた。

蛇道枢とのコラボ配信も、そのために必要なプロセスだったのだろう。

コラボ配信に限らず、誰かと協力して共に何かを成し遂げるというのは、人間社会において当たり前に行われること。

まずはそれを当然のようにできるようにするために、マイナスをゼロに戻すために、有栖は一生懸命努力しようとした。

女性恐怖症である彼女は、男性である零が炎上中であることを承知で、コラボを持ち掛けた。

自分自身の目的のため、彼女自身が強くなるために、零を利用しようとしたのだ。

「改めて考えてみると、私って酷いですね。自分の目的のために薫子さんを頼って、阿久津さんを利用しようとして……だからきっと、バチが当たったんだと思います。そんな打算を抱えたまま、自分の口から阿久津さんを誘うこともできずに、誰かに頼りっぱなしになってた私に、神様が罰を与えたんです。でも、そのせいで阿久津さんや薫子さんにまで迷惑をかけてしまったことが、本当に申し訳なくって……」

事の発端は、自分が無理を言って蛇道枢とのコラボを提案してもらえるよう、薫子に働きかけたことだった。

二期生コラボまでの間になんとか人との会話に慣れたかった自分が炎上の勢いを舐めたせいで余計なトラブルを招き、協力してくれた薫子や零にまで迷惑をかけている。

その勢いはとどまるところを知らず、今や【CRE8】は所属タレントに圧力をかける悪徳事務所として、そして蛇道枢は前々から抱かれていた嫌悪感を爆発させられて大炎上の真っ只中だ。

「全部、私のせいなんです。私がわがままを言わなければ、こんなことにはならなかった……事務所が悪く言われてるのも、阿久津さんの炎上が収まらないのも、全部私が悪いんです……やっぱり、無理だったんですよ。こんな私が、人前に出るような仕事をすること自体が。こんなに駄目で弱い私が、強くなんてなれるはずがなかったんです……」

悔恨と、諦め。

その感情をにじませた涙が、呟きと共に有栖から溢れる。

もう、終わりだと。何もかもが終わってしまったのだと、そう諦める彼女が空虚な響きを持つ言葉を発した瞬間、零は自分でも気が付かないうちに口を開いていた。

「そんなこと、ないと思いますよ」

自分を慰めるような零の言葉を聞いた有栖が僅かに目を見開く。

だが、その言葉だけで自身が抱く罪悪感を打ち消すことができなかった彼女は、零へと否定の言葉を口にした。

「……こんな私を気遣う必要なんてないですよ。元々、Ｖｔｕｂｅｒ活動に向いてるような性格じゃあないってことは理解してました。遅かれ早かれ、きっとこの性格が露呈して、とんでもない失態をしでかす気はしてたんです……」

「いや、その……気遣いとかそういうんじゃなくって、俺は本気で入江さんが自分を卑下する理由なんてないと思ってます。なんて言うか、あなたはもう十分、強いんじゃないかって思うんですよね」

「え……？」

慰めの言葉なんていらない。この事件の全ては自分自身の心の弱さが原因で、他の誰も悪くないのだから。

そう自分を責め、零の優しさを否定しようとした有栖であったが、彼がそんな自分のことを強い人間だと評したことに驚き、顔を上げた。

その言葉の意味を理解できないと、こんな自分のどこが強いのかと……そう、表情で語る有栖へと、零は己の過去の経験を踏まえながらその理由を語っていく。

「さっきの話のお返しってわけじゃないんすけど、俺も似たようなものなんですよ。毒親のせいで色々と面倒な人生送ってきたって点では、俺も入江さんと同じです」

「そう、なんですか……？」

「はい。俺には双子の弟がいるんですけどね、両親はどっちもそいつのことを贔屓するんですよ。なんか、赤ん坊の頃に手がかかった弟の方がかわいいらしくて、何をするにしてもそっちを優先する。俺たちが成長してもそれは変わらなくて、むしろ悪化していく一方で……気が付いたら、とんでもない差ができ上がってました」

ははっ、と乾いた自嘲の笑みを浮かべて語る零が、窓の外を見つめてため息をつく。

今度は先程とは逆に、彼の横顔を見つめて話を聞く立場になった有栖は、そうやって語る零の声に耳を傾け続けた。

「何をやっても認められなくて、逆にどんな失敗をしても弟の方は両親から肯定されて……そんな毎日を送ってたら、色々と諦めた方が楽になるんですよね。この家には俺の居場所なんてない。だったら、別の何処かに行こうって……自分の存在を証明することも諦めて、一人で生きていけるように努力して……でも、それが逆に両親や弟の癪(しゃく)に障ったんでしょうね。家族の一員として認めない癖に、俺が外に出て行こうとするとそれを邪魔する。ホント、面倒くせえ連中だったなぁ……」

「……何があったんですか？」

「大したことじゃないっすよ。受かった大学の入学を勝手に辞退されて、これまでの努力を全部ふいにされただけです。おかげで今頃送れてるはずの楽しい一人暮らし&キャンパスライフがパー！　こうして炎上に耐えながら、Ｖｔｕｂｅｒ活動なんてしちゃってるわけです」

再び、自嘲気味に笑った零は怒りも悲しみも放棄(ほうき)した、無感情な声で有栖へとそう告げる。

事も無げにそう語っているが、実際にそんな真似をされた側としてはたまったもんじゃないはずだ。

しかし、諦めることに慣れてしまった彼は、人生を大きく左右する家族からの妨害にも『またか』という感想を抱くことしかできなかったのである。

「甘やかされて育った弟が大学受験に失敗したのに、俺の方だけ志望校に合格したことが許せなかったんでしょうね。俺もドジったな～。まさかあそこまでするとは思ってもみなかったんで、警戒を緩めちまったんですよね～……」

「……どうして、そんなふうに軽く語れるんですか？　大きく人生が狂ったっていうのに……」

「ははっ、そうっすよね？　普通はもっと沈鬱だったり、怒り狂ったりするはずなんですけどね……不思議とどうでもよくなってるんですよ、俺は。もう、そんな人生なんだなって諦めがついてる。なるようになって、流れるままに動いて、どうなったって構やしないっていつの間にか諦め癖がついてるんですよ。入江さんみたいに過去を乗り越えようとか、弱い自分を克服しようとか、そんなふうには思えない。苦しいこととか嫌なことからは目をそらす癖ができちゃってるんでしょうね。だから……俺は、あなたが羨ましいです」

「えっ……⁉」

　炎上をものともせず、自分に手を差し伸べ続けてくれた零の一言に、有栖が目を見開いて驚く。

　こんな弱くて臆病な自分を羨ましいと言った彼の真意を尋ねるように視線を送り続けると、零は自身の素直な想いを彼女に伝えてくれた。

「俺にはなんにもないんですよ。なりたい自分とか、変えたい今とか、叶えたい夢なんて熱いものとかをなに一つとして持ってない。入江さんみたく、苦しんで苦しんで苦しみ抜いたとしても実現させたいって思うような何かがないんです。Ｖｔｕｂｅｒになったのも薫子さんにスカウトされて流されるまま、飯のタネになるからやってるだけ。だから炎上したとしてもそこまでダメージはないし、簡単に諦められちまう。……でも、あなたは違うでしょう？　あなたは、なりたい自分になるために、羊坂芽衣として戦い続けてるんだ」

　そこで一度言葉を切り、有栖の目を真っ直ぐに見つめた零は、小さく鼻を鳴らすと再び口を開く。

「あなたの話を聞いて、ようやく理解できましたよ。コラボ配信の時からずっと、入江さんはやりたいことに全力で取り組んでいる。目の前のひとつひとつに全力投球でぶつかって、その先にある未来に突っ走ってるんだ。俺は、そんなあなたを羨ましいと思う。無気力に、無関心に、無感動に毎日を生きてる俺の目には、あなたの放つ光がとんでもなく眩しく映るんだ。やりたいことを全力でやるあなたの姿は、本当に輝いて見える。俺には夢はない。だから、そんなふうにはなれない……あなたみたいにはなれないんだ」

またしても諦めの言葉を口にしながら、有栖への羨望を言葉とする零。

だが、その言葉と声にはただの諦めではない何かを感じさせる熱があった。

ひしひしと、彼の心の中で燃えるその何かを感じ取った有栖が息を呑む中、これまでにない力強い眼差しを向けた零が、彼女へとこう問いかける。

「一つ、質問させてください。入江さん、あなたは……もう、Ｖｔｕｂｅｒとしての活動をしたくないですか？　ファンや同業者の嫌な部分を散々目にして、気を失うまでのストレスに晒されて、ここから復帰するとなるととんでもない苦労に見舞われることは目に見えてる。それを理解してもまだ、羊坂芽衣でいたいですか？　それとも――」

「……私、は……」

その問いに、有栖が瞳を閉じて自身の本心を呼び起こす。

自身の活動を妨害され、あらぬ疑いをかけられ、炎上し、バッシングを受け、暴言を浴びせられ……ここから再起して、羊坂芽衣として活動するか否かという雫からの問いかけを受けた彼女は、ゆっくりと瞳を開けると涙交じりの、されど力強い覚悟を感じさせる声でこう答えた。

「私は、止めたくないです……!!　まだ私は何も実現できてない。まだ何も成せてない。ここで立ち止まってしまったら、私は弱いままの自分であり続けるしかなくなってしまう。そんなのは絶対に嫌です。私は、私は……こんなところで終わりたくない！　やりたいと思ったことを実現するために、なりたい自分になるために、私は——!!」

その声が、言葉が、有栖の全てだった。

まだ終われない。まだ立ち止まれない。弱いままの自分ではいたくない。

ようやく、何かが変わり始めた。傷ついて、燃えて、人の醜さを突き付けられたとしても、まだ終わりたくないと心の底から思えた。

だから彼女は叫ぶ、自分の中にある本心を。

曝け出した自分の弱さを受け入れ、寄り添ってくれるかもしれない雫に、自分の想いをぶつけるようにして、彼女は吼えた。

「私は——羊坂芽衣で、あり続けたいです……っ!!」

「……ありがとう。その言葉があれば、俺は迷わずに突き進めます。ようやく、自分が為すべきことが見つかりました」

目の前の少女が叫んだ、本気の想い。

ここでは終われない。こんなところで止まれない。自分の夢を、諦めたくないという心からの叫び。

それが、その叫びが、燻っていた自分の心に火を灯したことを感じ取った零が、全てを曝け出してくれた有栖へと感謝の言葉を述べる。

そうした後で椅子から立ち上がった彼は、自分自身の意志を再確認した有栖を病室に残し、廊下へと出て行った。

「……見つけられたかい？　あんたの進むべき道を照らしてくれる星を、さ？」

「ああ、見つかったよ。ようやく、色々と覚悟が決まった。俺は、俺にしかできないことをやらせてもらう。俺の中の熱に従ってな」

そう言いながら、待ち構えていた薫子へと仕事用スマートフォンを放り投げる零。

そして、やや慌てながらそれをキャッチし、スマホの画面に映し出されているメッセージへと視線を向ける薫子へと、彼はこう告げる。

「その誘い、乗ってもいいよな？　薫子さん。もしかしたらこれまでで一番の迷惑をかけちまうかもしれねえけど、それは俺にしかできないことなんだ」

「……ああ、そうだね。ここまで熱心なラブコールを送ってくれてるんだ、タレントとして、それに応えてきな。大丈夫、後のことは心配すんな！　責任者として、上手くやっとくからさ！」

「……サンキュー。そんじゃ、ちょっくら行ってくる」

事務所の代表である薫子からの許可を受けた零が、彼女の手から自分のスマートフォンを受け取ると大股で廊下を歩んでいく。

自分の進むべき道と、やるべきことを見つけ出した彼の足取りに迷いはない。

この先に何が待ち受けていようとも、自分を信じて突き進むだけだ。

「燃えてきな、零。あんたの内側にある炎を、全力で燃やしてこい」

「うっす！　……とりあえず、ああだこうだうるさい奴らに中指突っ立ててくる！」

自分には何もないことはわかっている。夢も熱も持ち合わせていないことくらい、理解している。

でも、だからこそ、誰かが本気で叶えたいと願い、前に進む尊い原動力となっている想いを守ることができるはずだ。

今の自分にできることは、有栖の、羊坂芽衣の進む道を守り切るということ。

彼女の覚悟を貫き通すためになら、燃え尽きたとしても構わない。

やるべきことは見つかった、後はそれを為すだけだ。

煌々と、胸の内で燃え盛る炎の輝きを瞳に映す零は、ポケットの中のスマートフォンを握り締めながら、獰猛な笑みを浮かべる。

そして、今晩に控えた決戦に向けて、闘志を燃え上がらせるのであった。


同日、午後八時五十六分。

とある動画共有サイトのとある配信ページでは、数分後の配信開始を待つ視聴者たちが大いに盛り上がり、賑わいを見せている。

その配信チャンネルの名は『アルパ・マリのもふもふチャンネル』。

その名が示す通り、個人勢Vｔｕｂｅｒアルパ・マリのチャンネルである。

彼女のチャンネル登録者一万名に対して、現在の視聴者数はなんと三万人。

まだ配信を開始していない時点でこれなのだから、これからどんどん増えていくことだろう。

登録者との比率にしても、他に配信を行うVｔｕｂｅｒや実況者が多くいる時間帯にここまでの人を集められることから考えても、これは異様な盛り上がりといえるだろう。

どうして、ここまでこの配信が盛り上がっているかと聞かれれば、その答えはこの配信のタイトルと内容にあると言うほかない。

『緊急配信 今回の一件についてと、羊坂芽衣ちゃんとCRE8・蛇道枢との関係を本人に問い質す!!』……というのが、この配信のタイトルだ。

チャンネルの主であるマリがSNS上で大々的に告知を打ち、注目を集めた配信の出演者の中には、零の分身である蛇道枢の名前もあった。

そう、昨日の羊坂芽衣の配信で起きた放送事故と、そこから連なる炎上やその原因となった事件や諸々の疑惑について、アルパ・マリが蛇道枢へと直接インタビューを敢行するというのがこの配信の内容であり、リスナーたちはここで行われるマリと枢のやり取りに大いに注目しているのだ。

本当に蛇道枢は羊坂芽衣と同棲しているのか？ あるいは、枢は【CRE8】のスタッフで、常に芽衣を監視しているのか？

事務所からの圧力はあったのか？ 枢と芽衣のコラボは事務所からの指示の下で行われようとしていたのか？ どうして昨晩、羊坂芽衣の配信を蛇道枢が終わらせたのか？

etc. etc.

リスナーたちの疑問は山ほどあり、この配信の中でその答えを知ることができるかもしれないという期待を抱く者たちは、配信が始まるまでの一分一秒が途轍もなく長い時間に感じられるような、苦しみと渇望を入り混ぜた複雑な思いで待機している。

だがしかし、この配信を観ている視聴者の大半の目的は、疑惑に対する答えを知ることなどではなかった。

【ここが蛇道枢の処刑会場か～！　テーマパークに来たみたいだぜ、テンション上がるな～!!】

【公開処刑待機】

【マリちゃんガンバ！　蛇道枢をボコボコにしてくれることを期待してます!!】

待機中に寄せられているコメントの一部を抜粋してみても、こんな有様。

マリのファンである牧草農家たちが枢を下げ、糾弾するような発言を連発している様ばかりが目に映る。

『牧草農家』のファンネームを付けていない者たちの中にも、今回の責任を取って蛇道枢の引退を求める発言を繰り返している者たちがいる。

彼らは羊坂芽衣や他の【ＣＲＥ８】所属Ｖｔｕｂｅｒのファンであり、自分たちが推す箱の異物を排除するための手掛かりを見つけにこの配信を視聴しに来ていることは明らかだ。

マリのチャンネル内という、相手に有利な会場。

そこに集(つど)った者たちも枢のことを責めるつもり満々であり、彼の味方をする気などさらさらない。

絶対的アウェーの、一方的な糾弾を受け続けることになるであろう配信。

端的に言ってしまえば、この配信は『今回の一件を理由に蛇道枢を公開処刑するために用意された』場だ。

もはや炎上や言葉での謝罪程度では自分たちの気が済まない。

――【CRE8】の忌み子、蛇道枢には、そろそろ自分たちが推す箱から出ていってもらおう――

それが、この配信に集ったリスナーたち大半の願望であり、彼らは枢がマリに徹底的に嬲(なぶ)られる様を見に来たというわけだ。

【蛇道枢が芽衣ちゃんの彼氏だったら絶望して死にます……もう僕は何も信じられない……】

【俺は芽衣ちゃんを信じる。蛇の野郎がただのストーカーか事務所の犬であるって可能性を捨ててない】

【マリちゃんも言ってたけど、蛇道はCRE8側のスタッフなんでしょ？　だから、住所の情報と合い鍵を持ってるって噂だし】

【うわっ⁉　ってことはあいつ、他のＶｔｕｂｅｒたちの家の住所も知ってて、鍵も持ってるってこと⁉　あんな奴が俺の推しの家にいつでも侵入できるって思ったら、マジで発狂しそうになるわ……！】

【やっぱ引退させて、事務所からも追い出すべきだろ。あいつが居てもいいことなにもないよ】

リスナーたちの意思は蛇道枢排除という一つの目標の下で一致し、彼が公開処刑される瞬間を今か今かと待ち侘(わ)びている。

味方なんて誰一人として存在していないこの圧倒的アウェーの空間の中で、自分に対する罵詈雑言が寄せられるコメントを見ながら、零は深く息を吸い、吐いた。

「………」

無言のまま、瞼(まぶた)を閉じる。

ここから先、この配信に登場した自分めがけて、リスナーたちは思う存分恨みや憎しみの言葉を吐きかけるのだろう。

だが……そんなものが今更なんだというのだ？

残念ながら、毎日のように起きる炎上のおかげで誹謗中傷にも慣れた。そもそも、本日に至るまで毒家族とのやり取りの中でスルースキルを磨き続けた自分にとって、画面の向こう側から寄せられるアンチコメントなど、痛くもかゆくもない。

散々な目に遭うことにも、好き勝手に罵詈雑言を吐きかけられることにも、既に慣れ切った。

炎上なんて日常茶飯事、焼かれ燃やされ危険人物というレッテルを貼られ、そうやって今日まで自分は蛇道枢として活動してきた。

……いや、違うか。これまで自分は、活動らしい活動なんてしていない。

今だってＶｔｕｂｅｒとしての活動というよりは、今回の炎上に関しての釈明をしに来ているのだから、まだ自分はＶｔｕｂｅｒらしいことなど何もしていないのだ。

軽く、マウスをクリックして画面を操作。

黒い短髪に赤メッシュ、暗色を基調に纏めたコーディネートをしたシンプルな男性といった雰囲気の蛇道枢のアバターを表示した彼は、再び呼吸を行うともう一人の自分へと静かに語り掛ける。

「面倒だよな、この世界。お前も俺も、結構苦労しいだよなぁ……」

現実世界も、バーチャルの世界も、何ら変わることはない。

生きることは面倒で、厄介な出来事の連続で、時にこうして何の罪もない人間に多くの人や世間が牙を剝くことだってある。

だが、それでも……自分たちはこの面倒極まりない世界の中で生きているのだ。

居場所なんてどこにもないと思っていた。だが、それは少し違ったみたいだ。

自分の居場所は、自分自身の手で作り出さなければならない。どれだけ苦しくとも、どれだけ辛かろうとも、自分の存在を証明したいのなら、困難を乗り越えて叫び続けるしかないのだ。

だから今、自分はどれだけ殴られようとも、燃やされようとも、胸を張って叫び続けてやろう。

俺はここにいる。蛇道枢は、この世界に存在している、と……。

「……始めるか、相棒。俺たちのやるべきことをやりに行こう」

配信ソフトを起動、同時に通話アプリに指定されたＵＲＬを貼り、マリが待つ通話チャンネルへと飛ぶ。

恐れはない。後悔だってしていない。ただ、自分は自分がやりたいと思ったことをするだけだ。

強い自分になりたいと、己の願望を叶えたいと、そう涙ながらに語った有栖の夢を守る。

そのために、彼女を涙させる者たちを止めるために、自分は今、ここにいる。

燃えるのなら、いっそ灰になるまで燃え尽きてやろう。

だが、その火は誰かに投げ入れられて広がったものではない。零が、己の内側で燃え盛る熱を表に出したことで燃え上がった炎だ。

今、自分はここにいる。

自分のやりたいことをやるために、阿久津零は蛇道枢としてこの場に立っている。

たった一人で孤独に戦う少女の夢を守るために、自分はこの世界に存在しているんだと、そう堂々と言い切れる自信を手にした零は、自分を待ち受ける有象無象の敵たちへと吐き捨てるようにして宣戦布告を口にした。

「かかって来いよ、クソッタレ牧草農家。てめえらが生やした草全部、燃やし尽くしてやるからよ」

マイクをONにする前にそう呟き、不敵に笑った零の視線の先で、配信画面が切り替わる。

自分の分身、蛇道枢とアルパ・マリの姿が映し出された瞬間、コメントの勢いが一気に加速した。

時刻は午後九時ちょうど。寸分の狂いもなく、予定通りに始まった配信。

零と枢が臨む大勝負のゴングが、今、鳴らされた。

「……牧草農家のみんな、そしてＶｔｕｂｅｒファンの皆さん、こんばんは。個人勢Ｖｔｕｂｅｒのアルパ・マリです。そして──」

「Ｖｔｕｂｅｒ事務所【ＣＲＥ８】所属タレント、二期生の蛇道枢です。まずは今回、このような場を用意してくださったアルパ・マリさんや、集まってくださった皆さんに感謝させてください」

配信の始まりは不気味な程に静かで、落ち着いた立ち上がりを見せていた。

普段の陽気な雰囲気を封印し、真面目で真剣な配信の空気を作り出したマリは、アバターの表情からも読み取れる不機嫌さをぐっと堪えながらコメントの流れを見守る。

そこに表示されるファンたちの声がおおよそ蛇道枢へのバッシングであることを見て取った彼女は、表情に変化が現れぬよう心の中でほくそ笑むと共に、早速この配信の本題へと話を進めていった。

「……この配信は、先日から続く【ＣＲＥ８】や蛇道枢さん、そして羊坂芽衣さんの不審な行動についての説明を当事者であるあなたに行ってもらうための場です。彼女や事務所、そしてＶｔｕｂｅｒ界隈に関わる全ての人たちのためにも、嘘偽り（うそいつわ）のない回答をお願いします」

「はい、そのつもりで来ました。ただ、私個人ではお答えできない質問もあるということを念頭（ねんとう）に置いていただけると幸いです」

蛇道枢も、アルパ・マリも、普段はこんな丁寧な口調で喋る人物ではない。

同じ敬語を使って会話する両者ではあるが、淡々と話す枢に対して、マリの方からは怒りのあまり逆に丁寧な口調になっているという真逆の雰囲気が感じ取れるだろう。

その空気と、高まる緊張感を感じ取った視聴者がコメント欄で騒ぐ中、マリが第一の質問を蛇道枢へと投げかけた。

「では、最初にリスナーたちが最も知りたいであろう部分について質問します。あなたと羊坂芽衣さんは恋人関係であり、同棲しているというのは本当ですか？」

「いいえ、違います。恋人であるという話も、同棲しているという情報も、全くのデマです。同僚として顔を合わせたことはありますが、それ以上のことはなにもありません」

「ならば何故、あなたは羊坂芽衣さんの部屋に入ることができたのですか？　ＰＣを操作していたことから考えても、あなたが彼女の部屋に入ったことは覆（くつがえ）しようのない事実でしょう？　その点について、納得のいく説明をお願いします」

「申し訳ありませんが、それは先に述べた私個人ではお答えできない質問になります。

羊坂の個人情報に関わる部分になり、私が勝手に話すことは許可されていません」

「逃げるんですか？　そうやって上手くはぐらかして、都合の悪い質問に答えることを避けるんですか⁉」

「この場での回答はできないと申し上げているだけで、今後一切の説明をしないとは申しておりません。少し前にSNSや公式サイトで事務所から告知があった通り、羊坂は今、体調不良で入院している状況です。そういった事情に関しては、復帰配信の際に彼女が自分の口から説明すべきことであり、彼女もそれを望んでいるでしょう。私個人が今、勝手な真似をして、その機会を奪ってしまうことは避けるべきだと、そういった部分を汲み取っていただけないでしょうか」

「彼女がそれを望んでいる、ねぇ……本当のところはどうだか……？」

【都合が悪くなるとそうやって芽衣ちゃんを使って逃げるんだな。マジでクズだわ】

【なに勝手に芽衣ちゃんの気持ちを代弁してるんだ⁉　全部お前の妄想だろ！】

【頼むから死んでくれ。引退とかその程度じゃ気が済まなくなってきた】

事実と常識を盾にしたとしか思えない零の回答に嫌悪感を剝き出しにした呟きを漏らすマリ。

コメント欄も詳しい話をしない蛇道枢への罵倒で溢れ、彼を取り巻く環境はまたしても悪化していった。

「……では、質問を変えましょう。あなたと【CRE8】のスタッフが羊坂芽衣さんに圧力をかけ、彼女の活動を強制していたという疑惑が持ち上がっています。この件に関しては、当事者としてどのように答えますか？」

「そちらに関しても全くの誤情報だと返答させていただきます。私個人も、【CRE8】の社長、スタッフ全体も、羊坂に対して何らかの強制や圧力をかけたという事実はありません」

「羊坂さんに圧力をかけたことはなかった？　……ふざけるのも大概にしろ!!　そんな見え見えの嘘を口にしたところで、もう全部バレてるんだよ!!」

零の回答に激高したマリが、それまでの丁寧な口調をかなぐり捨てて大声で叫ぶ。

堪えていた怒りを爆発させたように振る舞い、蛇道枢へと怒気を荒らげた彼女は、自身の味方である牧草農家たちの声援を背に、彼を追い詰めていった。

「じゃあ聞かせてもらうけど、どうして芽衣ちゃんはあんたとコラボすることになったわけ？　弱気で臆病な芽衣ちゃんが、どうして男である上に炎上の真っ只中にいるあんたと一緒に配信をすることになったんだよ⁉　そんなことしてもあの子にメリットなんて何もない！　どう考えても、事務所が命令したとしか思えないじゃん!!」

「……そういった事実はありません。中止されたコラボ配信は、羊坂本人が希望し、当事務所の代表である星野(ほしの)が仲介となって私に伝えてきた案になります」

「はぁ⁉　それってつまり、芽衣ちゃんの方があんたとコラボしたいって言ってきたってこと？　ふざけんな！　そんなわけないだろ‼　腐ってるよ、あんたも【CRE8】も！　全部の責任を芽衣ちゃんに押し付けて、知らんぷりするつもりなんでしょ⁉」

淡々と、激高するマリに対して真実だけを伝える零であったが、その態度が余計に彼女の顰蹙(ひんしゅく)を買ったようだ。

事務所からの圧力はあったということを大前提に話を進めているマリと、実際に存在しなかった圧力を抜きとして真実だけを伝えている零。

両者の……というより、マリの見ているものには現実との大きな乖離(かいり)が生じており、その歪みに気が付かない彼女の言葉が、リスナーたちに更なる大きな誤解を生み出させている。

【マリちゃんの言う通り！　ふざけんな、蛇道‼】

【マジで消えろ。クソパワハラ男】

【CRE8推してたけどもう止めるわ。芽衣たそも引退して、他の事務所か個人勢でもう一度デビューし直してほしい】

【どうせ弱気な芽衣ちゃんを脅して言うこと聞かせてたんだろ？　正直に言えよ、蛇道！】

【ここに来て嘘をつくとかマジで終わってる。こんな奴が推しと同じ事務所にいるとか最悪としか言いようがない】

「……あんたにもコメント欄に寄せられてるみんなの声が見えているでしょう？　ファンたちがそんな言葉で納得すると思ってんなら、大間違いだよ！　いい加減事実を認めろ、蛇道枢っ!!」

「……詳しい事情を説明できないことは、本当に申し訳なく思っています。ですが、私が話していることは全て真実です。羊坂本人と事務所から話すことを許可されたのは、羊坂芽衣が私に対してコラボすることを要望したという部分のみ。それ以上は、彼女のデリケートな部分に踏み込むことになってしまう。どうか、そのことをご容赦いただきたく――」

「芽衣ちゃんを盾にして逃げるな！　この卑怯者がっ!!　こんな事態になったのは全部あんたたちのせいでしょ!?　この事態についての責任も取らず、事実を認めもせずに逃げ回って、それで私たちが納得するとでも思ってんのか!?　何度だって言ってやるよ、この卑怯者っ！　男なら潔く、芽衣ちゃんを苦しませたことの責任を取れってんだよ!!」

【いいぞ！　もっと言ってやれ‼】

【マリちゃんかっくいいーっ‼】

【ＣＲＥ８聞いてるか～っ⁉　これがファンの総意だぞ～っ‼　とっとと謝罪声明発表して、ガンにしかならないクソ蛇を追い出してくれよな～‼】

もはや、事態は圧倒的にマリが優位な展開で進んでいた。

空気を、リスナーたちを、状況全てを味方に付け、一方的に蛇道枢を殴り続ける彼女の姿に、配信を観る大半の者たちが声援を浴びせている。

逆に、苦し紛れの言い訳を口にしているようにしか見えない蛇道枢には罵詈雑言と引退を求めるコメントを繰り返して、芽衣や自分たちへの謝罪を行わせようとするリスナーたちは、この公開処刑を存分に楽しんでいたのだが――

「……一つ、今の発言についての確認をさせてください。あなた方は、今回の問題の責任は全て【ＣＲＥ８】と蛇道枢にあり、その代償として私の引退と羊坂芽衣の解放を望んでいる……ということで、よろしいでしょうか？」

「……そこまでは言ってない。ただ、私たちはファンとして誠意を求めてるってだけ。この一件に対して【ＣＲＥ８】が反省の気持ちを持っているというのなら、それを明確に示してくれって言ってんの」

静かに、淡々と、これまで質問に答えるだけだった蛇道枢が逆に自分の発言に対して問いを投げかけてきたことに驚きつつも、ある程度の予測を立てていたマリはそれを冷静に躱す。

この一件の解決を迎えるために、【ＣＲＥ８】側に対して蛇道枢の引退を直接的に求める言質を取られることは非常にマズい。

そういった行動を取ってしまえばマリも厄介ファンとして見られ、少なからず炎上の被害を受けることになってしまうだろう。

零の、蛇道枢の目的はその発言を引き出すことにあるのだと、マリは確信を持っていた。

彼の目的は自分との共倒れであり、自分やＶｔｕｂｅｒ界隈のファンたちに引退に追い込まれる前に一矢報いてやろうという心づもりでこの場に姿を現したのだと、彼の思惑をそう判断しているマリは絶対に枢にそういった言質は取らせまいと、念入りなシミュレートを重ねて配信に臨んでいる。

だから、万に一つとして逆転はない。

自分の手で【ＣＲＥ８】の闇を暴き、蛇道枢を追い出し、羊坂芽衣を救い出すのだと意気込んでいるマリは、相手からの奸計紛いの質問を上手く躱したことに心の中で笑みを浮かべたのだが……？

「つまり、我々の対応に関して以外の部分の意見は概ね認めるということですね？　なるほど、なるほど……」

「……なに？　あんた、人を馬鹿にしてんの？　自分が今、どういう状況に置かれてるか本当に理解して――っ⁉」

――ゆっくりと、場の流れが変わり始めた。

どこか意味深な発言を口にした蛇道枢の声に自分を小馬鹿にしたようなニュアンスを感じたマリがその態度を咎めようと口を開くも、途中で聞こえてきた不気味な笑い声によって、彼女の発言は途中で止まることとなる。

「く、くくっ。くくくくっ……‼」

喉を鳴らし、低く唸るようにして笑う蛇道枢の、零の声が、とても恐ろしいものとして頭の中で響く。

急に態度を一変させ、明らかに異常な雰囲気を漂わせ始めた彼の様子にマリが言葉を失う中、大きなため息をついてから口を開いた零は、心底呆れ果てた様子で彼女と、この配信を見守るリスナーたちへと吐き捨てた。

「面倒くせえんだよ、てめぇら」

ピキィン、と、空気にひびが入る音がした。

蛇道枢への敵愾心で、彼への憎しみで、荒れ狂わんばかりの炎が燃え上がっていた配信の空気が、零の一言で一瞬にして凍り付く。

誰もが彼の言葉に唖然とし、その意味を理解できずに硬直する中……真っ先に動きを見せたのはやはり、アルパ・マリだった。

お前ら全員面倒くせえ！

「は……？　はぁぁぁぁっ⁉　なにその言い方⁉　ってか、何様のつもり⁉　開き直ってんじゃないわよ、このクズっ‼　面倒くさい？　言うに事を欠いて、なにを――っ⁉」

一瞬、零（れい）の言葉を受けてぽかんとしたマリであったが、じわじわと湧き上がってきた怒りが彼女に正気を取り戻させたようだ。

開き直りとしか思えない蛇道枢（じゃどうくるる）の態度に猛抗議し、彼を糾弾するマリであったが、画面の向こう側で耳の穴を穿（うが）った零は、心底くだらないといった様子で逆に彼女へとこう返す。

「いや～、俺にはお前らをそうとしか表現できねえよ。マジで、本気で、お前らウルトラめんどくせえわ」

「な、な、な……っ⁉　そんな態度を取っていいと本気で思ってるの⁉　この状況で逆ギレとか、マジで意味わかんないんだけど‼」

「……お前、何で俺がキレたかわからないわけ？　マジでお気楽すちゃらか幸せいっぱいのあっぱらぱーな頭してんのな。人生楽しそうでいいわ～」

「ふざっけんなっ‼　あんた、あんたねぇ……っっ‼」

気楽に笑い、マリを馬鹿にするような発言を繰り返す零の様子に、怒りのボルテージを振り切らせてしまった彼女は過呼吸状態に陥っていた。

ぜぇぜぇと荒い呼吸を繰り返し、アバターの表情を険しくして蛇道枢を睨むマリであったが、声色を変化させた零の鋭い言葉がそんな彼女の胸を抉る。

「んじゃ、逆に聞くけどよ……俺の悪い点ってどこだ？　きっちりと筋を通した意見を出してくれよ」

「ど、どこって、まず敬語を使いなさいよ！　自分の立場わかってるの⁉」

「おいおいおい、いきなりブーメランぶん投げてんじゃねえよ。先にぶちキレて汚い言葉を使い始めたのはお前だろ？　自分に敬意を払わない奴に、どうしてこっちだけが敬意を払ってやらなきゃなんねえんだ？　っていうか立場だなんだとお前は言ってるけど、お前と俺は同じ会社の上司と部下でも、先輩後輩でもないんだぜ？　デビュー時期もほぼ同時期なんだから、暴言吐かれてまでわざわざ敬語使ってやる理由なんてどこにもねえだろう？」

「そ、それはあんたがこっちの質問をはぐらかして大事な部分に言及しないからであって――」

「だからその部分に関しては最初から言ってんだろ？　事務所や羊坂さんの機密に関わることに関しては言えない、ここで言えなかったことは羊坂さんが復帰した時に説明すると思うってよ。聞き逃した奴は配信の冒頭まで時間戻して確認してみろ。しっかり俺は念押ししてるし、言えない部分がある時は謝罪もしてるだろうが」

「それでも、答えるべき部分は答えるべきじゃあ……」

「はぁぁぁ？　んじゃ何か？　俺はお前に聞かれたら、羊坂さんの住んでる所や入院してる病院や何号室で寝てるのかも教えなきゃなんねえのか？　何でもかんでも教えられるわけねえだろ。羊坂さんを守ることを優先するからこそ、言えないことだって山ほどあるってことをどうして理解できねえんだ？」

「だ、だからって面倒くさいだなんて言葉で相手を馬鹿にするのは――」

「へぇ～！　そんじゃあお前の俺に対する卑怯者って発言は？　死ねだの引退しろだのほざいてるコメント欄の連中は？　面倒くせえが駄目で、そいつらはＯＫなのか！　うわ～、びっくりだな～！　是非ともその判断基準を俺に教えてくれよ、アルパ・マリさんよぉ！」

「う、ぐ……っ⁉」

自身の指摘を次々と論破する零の勢いに、マリは何も言えなくなってしまう。

言葉遣いこそ悪いものの、決して的外れな意見を口にしたり、話をそらしているわけでもない彼の意見に反撃の糸口を見い出せずに押し黙ってしまった彼女に代わって、牧草農家たちがコメント欄で蛇道枢を攻撃するが――

「……おい、今のコメント打った奴。え～っと……【パッキー・牧草農家】、お前だ。【謝罪配信でその態度は有り得ない】だぁ？　おい、アルパ・マリさんよ。お前んところの脳みその代わりに毛玉が詰まってるとしか思えない馬鹿が何か勘違いしてるみたいだから、お前の口からしっかり訂正してやってくれよ、頼む」

「え、え……？」

「この配信のタイトル、何だ？　はっきりと大きな声で読み上げてみましょう！　さん、はいっ‼」

「えっと……『緊急配信　今回の一件についてと、羊坂芽衣ちゃんとCRE8・蛇道枢との関係を本人に問い質す‼』、だけど……？」

自身へと寄せられるコメントの中に看過できないものを見つけた零が、そのコメント主を名指しにして晒し上げる。

そして、その発言の見当違い加減を説明するためにマリに命じて彼女にこの配信のタイトルを読み上げさせた零は、うんうんと頷いた後で牧草農家をはじめとするリスナーたちに向けてこう述べた。

「聞いたな？　で？　どこに謝罪配信だなんて表記があった？　この配信は俺がお前らの大好きなアルパ・マリから、羊坂さんの件についてインタビューされるだけの配信なんだよ！　俺も、こいつも、謝罪配信なんて表現は一言も使ってねえぞ？　お前も俺を誘った時、謝罪配信をするだなんて言ってなかったよな？　羊坂リスナーの代表として、私に話を聞かせろって言ってきただけだよなぁ⁉」

「そ、それは……」

「はいかいいえではっきり答えろっ‼」

「は、はいっ！」

勢いに押され、しどろもどろになりながらも肯定の返事を口にしたマリの反応に再び零が頷く。

その様子にリスナーたちからは脅迫だ恫喝（どうかつ）だなどといったコメントが寄せられているが、それら全てを無視した零は画面の向こう側でそれらのコメントを打っている者たちに対してこう言ってのけた。

「おい、聞いたな？　この配信、俺の謝罪配信じゃないってさ。だからパッキー、残念ながらお前の意見は思いっきり的外れなものになるぞ。他の連中も含めて、何か勘違いしてた奴らが散々俺に対してふざけた口を叩いてくれたよな？　暴言コメントを発信した奴ら全員、勘違いのもとに誰かを傷付けた大馬鹿野郎ってことだ！　そのことについて俺に何か言うことあるんじゃねえの？　なぁ⁉」

そうやって、自分たちが犯した罪を突き付けられた暴言リスナーたちのコメントが、急に静まり返っていく。

中にはまだ悪態（あくたい）をつく者もいるが、盛り上がりの絶頂期と比べると遥かにその流れは緩やかになっており、子供じみた暴言に紛れてぽつぽつと勘違いをしていたリスナーたちからの謝罪の言葉が送られてきていた。

「……ここで謝れた奴らはまだまともな人間性を残してるよ。でも、大半が何も言わねえか、ふざけた暴言を吐くだけのゴミに成り下がっちまったな。都合が悪くなるとだんまりできて、見てるだけの連中はいいでちゅね～！」

圧倒的に減ったコメントの数と、それとは反比例して増えていく低評価の数を見ながら心底呆れたといった様子で零が言う。

だがしかし、そのことをそこまで気にしていない様子の彼は、話す相手をリスナーたちから本来あるべき人間へと戻し、口を開いた。

「ま、いいや！　お前らの代わりに謝ってもらう相手はここにいるし～！　なあ、アルパ・マリさん？」

「は、え……⁉」

「は？　じゃねえよ。お前がお前んところのリスナーにきっちり今回の配信について説明してなかったから、こんな勘違いが起きたんだろ？　おかげで俺は物凄く傷ついたわ～！　死ねとか引退しろとか言われて辛いわ～！　……で？　この事態を引き起こした落とし前は、どうつけるわけ？」

「あ、謝れっていうの？　私に⁉」

「うん、そうだけど？　私の説明不足のせいで勘違いさせちゃってごめんなさいってリスナーには謝罪すべきだし、リスナーたちを誤解させたせいで傷つけてしまってごめんなさいって俺にも謝るのが筋ってもんじゃねえの？　言っとくが、他人に責任を取ることを強要するくせに自分はそんなの御免だなんてのは、筋が通らねえからな？」

先の彼女の発言を逆手に取り、しっかりと自分なりの筋を通した上でマリに謝罪を要求する零。

彼の言葉に歯がみし、呻きを漏らし、暫し押し黙ったマリであったが――

「そ、それについてはこの件と関係ないでしょ！　今、私たちが話してるのは羊坂芽衣ちゃんについてであって、この配信がどんなものであるかじゃないわ‼」

「……ああ、そう言うと思ったよ。だから、俺からも二つほどお前に言わせてくれ。まず一つ、開き直りってのは、今、あんたがやったそういうことを言うんだぜ？　んでもう一つだが――」

――そんなふうに、謝罪を拒否してヒステリックに叫んだマリに対して、零は青い怒りの炎を静かに燃え上がらせながら呟く。

すっかり変わった空気の中で、押し黙ってしまったリスナーたちの前で、煮えたぎる溶岩のような憤怒の感情を抱いた彼は、それを必死に押し殺しながら真剣な口調で彼女に告げた。

「――関係あるから言ってるんだよ。お前がそうやってありもしない圧力や命令やらをでっち上げたせいで、羊坂さんは入院する羽目になったんだろうが」

その言葉を聞いたマリが、驚きと共に息を呑む。

完全に零に配信の空気を掌握されてしまった動揺と、自分自身の行動に若干の負い目を感じていた彼女は、必死になって反論の言葉を叫んでみせるも、その叫びもまた零によって完全にシャットアウトされてしまっていた。

「な、なによ、それ……⁉　責任を私に擦り付ける気⁉　芽衣ちゃんの入院は、あんたたちがプレッシャーをかけたから――‼」

「そもそもあんたは何度も何度も圧力だの命令だのがあったって言ってるけどよ、それを証明する決定的な証拠はあるのか？　羊坂さんからパワハラの相談を受けたか？　内部告発があんたの所に行ったのか？　……そんなことねえよな？　だって、最初から俺が言ってる通り、圧力なんてもんは存在してねえんだから」

「そ、それは……」

【でも状況証拠は明らかにパワハラを示唆してる】

【圧力がなきゃ、芽衣ちゃんがお前とコラボするはずがない！】

【負けないで、マリちゃん！　蛇道は大声出して、勢いで押してるだけだよ‼】

「ああ、うん。お前らの言いたいことはわかるよ。でもな、状況証拠はあくまで状況証拠であって、決定的な証拠にはならねえんだ。そんでもって、俺たちは企業に所属する人間として裏方も含めた全てを知ってる。その俺たちや、何よりそれらの話の中心にいる羊坂さん自身がそんなものはないって言ってるんだ、信じてくれよ」

【なら証拠を出せよ！　パワハラが無かったって証拠を！】

【圧力があった証拠が無きゃだめで、なかった証拠は無くてもいいだなんてそれこそ筋が通らないんじゃ？】

【蛇道死ね死ね死ね死ね死ね死ね死ね】

「……悪魔の証明って知ってるか？　やってないことをやってないって証明するのは非常に困難だって意味がある言葉だ。だから、事件を立証(りっしょう)したり、犯人を告発するためには、訴えを起こす側がそれらに関する決定的な証拠を持って、何かがあったことを証明しなきゃならねえんだよ。難しい言い方しちまったけどな、俺が何を言いたいかっていうと……騒ぎを起こす側には、それ相応の責任が伴うってことだ。自分が騒ぎを起こしたせいで、沢山の人が傷付くかもしれない。それでも声を上げるっていうのなら、何よりまずそれが必要なことだったっていう証拠が必要なんだ。理由もなく誰かを傷つけて、後になってそれがデマでしたなんて話になったら、洒落にならねえだろ？」

【蛇道死ね死ね死ね死ね死ね死ね死ね】

【→一旦黙れ。そういう場面じゃない】

【暴言※(コメ)止めよう。俺、蛇道の話が聞きたい】

【モデレーター権限持ってる奴、動いてくれ。なんかよくわからなくなってきた状況でわけわからん暴言コメントまで見てたら頭がおかしくなりそうだ……】

これまでの煽るような口調から真摯な口振りで話し始めた零の言葉に、リスナーたちがようやく耳を傾け始める。

公開処刑の相手として、徹底的に糾弾する対象としてしか見ていなかった蛇道枢に対する認識を改め始めた彼らの前で、Ｖｔｕｂｅｒとして、一人の人間として、零は自分の意見を語っていった。

「羊坂さんが炎上中の俺とコラボする理由が見当たらないのは確かだし、それが理由で俺たちが圧力をかけたように思えるっていう意見も理解できる。でもな、これだけはわかってくれ。人間は、時として損得や利害を抜きにして動く生き物なんだって……俺がこうして、叩かれることや炎上を覚悟でこの配信に出たように、羊坂さんもメリットデメリットを抜きにした理由があって俺とのコラボを希望したんだ」

【それを説明してくれよ、蛇道。俺、ずっとお前のこと信じてるんだ。お前が悪くないってことを理解して、安心したいんだよ……】

「ああ、ありがとう。んで、ごめんな。それを俺の口から説明することはできねえ。その理由は、あの人が……羊坂さんがいつか、自分の口で説明すべきことだと思うから。不安な気持ちにさせて申し訳ない。今、俺が伝えられる限界を言葉にするのなら、羊坂さんはお前たちが思ってるよりずっとずっと強い人間だってことくらいだ」

【俺たちの知らない芽衣ちゃんを、お前は知ってるんだな……】

【わっかんねぇ……でも、蛇道が嘘をついてるようには見えねぇ……マリちゃんも信じたいけど、どっちの言葉を信じればいいんだ……？】

【芽衣ちゃんが強いってどういう意味？　あの性格は、配信のためのキャラ作りだったってこと？】

「いいや、違う。あの人には、叶えたい夢があるんだ。その夢を叶えるために、あの人は【ＣＲＥ８】のオーディションを受けて、Ｖｔｕｂｅｒ(ブイチューバー)としてデビューした。誰に命じられたわけでもなく、羊坂さんは自分の夢を叶えるための第一歩を自分から踏み出したんだ。それって凄いことだと思わねえか？　あんなふうにおどおどしてて、弾かれたら飛んで行っちまいそうなくらいに小さな女の子が、そんな重大な決断を一人で下したんだぜ？　俺は、そんなあの人のことを尊敬するよ。強い人間だって、そう思う」

淡々と、事実だけを述べるような語り口ではない。

執拗に煽り、暴言に暴言を返し、強い口調で相手を黙らせるような激しい話し方でもない。

心から溢れる感情のまま、人間の阿久津(あくつ)零として、Ｖｔｕｂｅｒ蛇道枢として、その両方の立場から入江有栖(いりえありす)と羊坂芽衣を語る彼の言葉に、今や暴言を垂れ流していたリスナーたち全員が聞き入っている。

「……もしかしたら、あの人の夢は傍から見ればちっぽけで大したことのないものなのかもしれない。だけども、俺はその夢を応援して、守りたいって思った。そして、お前たちにも一緒に応援してもらいたいって思ったんだ。だからこそ、俺はこうしてここに来た。お前らが抱いてる勘違いをそのままにしてたら、それこそあの人はその重みで潰されちまう。そんなの、残酷過ぎるだろうがよ……」

ファンは羊坂芽衣を応援したいと思っているはずだった。

羊坂芽衣は、入江有栖は、その声に応えたいと思っているはずだった。

だが、このまま両者の行き違いを放置してしまえば、待っているのは有栖が潰れてしまう未来のみ。

彼女の夢は消え、同時に羊坂芽衣という存在もバーチャルの海の中に消えていくことになるだろう。

お互いがお互いを想い合っているはずなのに、両者の間にある僅かな勘違いのせいでそれら全てが逆方向に嚙み合って、悲劇的な結末をもたらす。

そんな終わりを、有栖の夢の終焉を、ファンと共に築けたかもしれない明日の崩壊を……零は、黙って見過ごすことができなかった。

「今更、燃えることなんて怖くはねえさ。なんだったら、引退しても惜しくねえって思ってた。でもな……やっぱ無理だわ。だって今、俺が引退したら、羊坂さんが悲しむだろ？　あの人優しいからさ、自分のせいで俺が引退する羽目になったって考える。そしたら絶対に自分も引退するって言い出すだろうぜ。自分の痛みより、他人の痛みの方を敏感に感じ取っちゃう人だからさぁ……」

【自分が燃えてもいいからとか考える人間がそれを言う？】

「だからだろ。目の前で誰かが悲しむ姿を見るくらいなら、自分が焼かれることの方を俺は選ぶね。そっちの方が痛くねえんだから」

ぽつぽつと出始めたまともなコメントに対して、自分の知る限りの情報を織り交ぜながら意見を述べていく零。

タンブラーを傾け、喉を潤すための水を飲み干した彼は、息継ぎをしてから話の締め括りに入る。

「誰だってな、頭に血が上ってかっとなることくらいはあるだろうさ。特に嫌いな人間が好きな人間を虐めてるって話を聞いたら、自分の中の正義みたいなものが暴れ始めても仕方がないのかもしれない。でもな、そういう時こそ一度拳を収めて、本当にその話が正しいのかを確かめてくれ。自分たちが正義だって信じ込んでるそれは、本当はただの独善的な考えなのかもしれない。悪者扱いして自分たちが叩いてる相手は、本当はなにも悪いことをしていないのかもしれない。そうやって勘違いして、自分たちが正義だって思い込んで動いた結果、助けたかった人を傷付けちまうことだってあるんだ。今回の件みたいにな」

もう、リスナーたちはどうして先のマリの発言を受けた蛇道枢が怒りをあらわにしたのかを理解していた。

今回の一件は、芽衣を救いたいという思いが先走ったマリが誤情報を自身のファンである牧草農家たちに伝え、彼らの暴走を招いたことが原因だ。

しかし、先程の彼女の言葉からは、そのことに対する後悔の念が一切感じられなかった。

自分は間違ったことはしていない。正しいことをしたのだと……そう、欠片も自分自身に問題があるとは思っていなかった彼女の発言に、有栖の苦しみの理由を知っている零は我慢がならなかったのだろう。

彼女の勘違いが明らかになり、全ての真実が明るみに出た時、誰よりも傷付くのはマリの言葉に扇動されて【ＣＲＥ８】や蛇道枢を攻撃して回った牧草農家たちだ。

その言葉を発する者として、インフルエンサーとして人々を動かす力を持つ存在として、あまりにも無責任な彼女の言動が、零の怒りを爆発させたのだと理解したリスナーたちへと、零が静かに語り掛ける。

「……Vtuberを相手にしてるとよ、俺たちが人間だってことを忘れちまう奴もいるかもしれねえ。だが、俺たちもしっかり人間で、酷いこと言われたら傷つくし、凹むし、悲しい気分になる。自分の放った言葉や打ち込んだコメントに対する責任ってものを自覚して、ノリや勢いだけで誰かを攻撃するような真似はしないようにしてくれ。一緒に誰かの夢を応援する者として……それが俺の、お前たちに伝えるお願いってやつだ」

そこで一度呼吸を挟み、PCの向こう側にいる視聴者たちを見つめるようにして遠くを見つめた零は、軽い口調で話の終わりを彼らへと告げる。

「以上で俺の話は終わりだ。何か言いたいことがある奴、いるか？」

静かに語る零の言葉に、反発する者はいなかった。

流れるコメントの中には意味をなさない暴言を吐く者はいるが、それらは全て心あるリスナーたちからはスルーされ、モデレーター権限を持つ者の手でBANされていく。

誰の声も、物音も、息遣いでさえも聞こえなくなった無音の時間が十数秒続いた後、それでもといった様子で口を開いたのは、この配信の企画者にして、今の今まで話に置いてきぼりにされてしまっていたアルパ・マリその人だった。

「なに、それ……？　芽衣ちゃんが体調崩した原因は、全部私にあるって言いたいの⁉　それがあんたと【CRE8】の総意ってわけ⁉」

「全部が全部、あんたらの責任だとは言ってないさ。ただ、大きな原因の一つであって、これをそのままにしておけばまた同じことが起きかねない。羊坂さんのためにも、訂正と注意喚起は必要だと思ったからこうして事実を述べたまでだ」

「事実って……それに関しても、証拠はないじゃない！　あんたが今、話したことは、全部大事な部分がはぐらかされてる！　リスナーたちの大きな疑問でもある、どうしてあんたが芽衣ちゃんの家に入れたのかも理由は説明されてない！　私と芽衣ちゃんの話し合いに事務所が割り込んで来たことだってそう！　おかしいことはまだまだいっぱいあるのに、それを説明せずに話を終わりにしないでよ‼」

【マリちゃん、もう止めよう。ここで騒いでるの見たら、芽衣ちゃんだってきっと悲しむと思う】

【見苦しいの域に達してる。ヒステリックに叫ぶだけの配信には観る価値もない】

【芽衣ちゃんと事務所の発表を待とうよ。残念だけど、マリちゃんの負けだよ……】

「コメント欄うるさいっ！　あんたたちは黙っててっ‼」

先程まで味方だったはずのリスナーたちが自分を制止する様を目の当たりにしたマリ

なっているように
が感情を剝き出しにして叫ぶ。
　圧倒的有利な状況だったはずが、いつの間にか自分の方が追い詰められているように
なっていることに呼吸を荒くした彼女の息遣いを、零は静かに耳にしていた。
　おそらく、本当はマリも何が原因だったのか理解しているだろう。
　自分が【CRE8】と蛇道枢の悪評を広め、ファンたちの暴走と突撃を招いたせいで、
気の弱い芽衣が体調を崩してしまったということは、彼女だってもうわかっていた。
　だが、もうここまで来たら引っ込みがつかない。全て自分の勘違いでしたと数万人の
ファンたちの前で認めることなど、気の強い彼女には到底不可能な行動だ。
　そんなことになったら、それこそ自分が大炎上してしまう。これまでの努力が、活動
が、全て水泡に帰してしまうではないか。
「証拠を出してよ！　それと、重要な部分に関しての説明もして！　私はあんたのお涙
頂戴の美談で誤魔化されたりなんかしない！　納得できる根拠が出るまで、叫び続け
てやる！」
　マリはもう、突っ走るしかなかった。
　全開にしたアクセルを元に戻すことも、ブレーキを踏むこともマリにはできなくなっ
てしまっていた。

　そんな彼女の様子と、送られてくるファンたちからのコメントが制止から罵倒へと変わってきたことを見て取った零は、改めて自分のスマートフォンを操作すると共に、この配信を観る者全てにこう語る。

「……残念ながら、もう俺が話せることは何もない。これ以上はもう、俺の口から語るべき内容じゃあないはずだ」

「じゃあ！　だったら‼　誰から聞けばいいっていうの⁉　このままうやむやにして逃げようったって、そうはいかない――」

「来てるよ。お前も画面に齧りついてないで、一歩退いてみろ。そうすりゃ、気が付くことができるはずだ」

「えっ……？　……あ、あぁぁっ⁉」

　零の言葉に剝き出しにしていた感情を抑えられたマリは、ＰＣ画面に映し出されている通知を目にして、驚きの叫びを上げた。

　そんな彼女の反応からようやくマリも事態を把握したことを悟った零は、手にしているマウスを動かしてすべき操作を行う。

　未だに驚愕しているマリに代わって、通話アプリに参加しようとしている人物の承認に許可を出すと共に、画像ファイルを開く。

あの日、コラボのためにと送られてきたまま、一度も開くことのなかったそのファイルの中に並んでいる立ち絵を確認した零は、込み上げてきた奇妙な感覚と共に大きく息を吐き出した。

展開されたファイルの中に並ぶ、一人の少女の顔、顔、顔……。

怒っていたり、笑っていたり、悲しんでいたり……ネタにもなりそうな面白そうな表情も用意されていたが、それらの中からこの場に見合った真顔のまま正面を向く彼女の絵を選択した零は、それを蛇道枢の真横に置き、配信画面に表示する。

「……俺にはもう、これ以上話すことはない。ここからは、俺に代わってもう一人の当事者に話をしてもらう」

プツンッ、という通話が繋がった音が響き、同時に零が選択した画像がリスナーたちの前にも表示される。

その言葉に、画像に、展開に、視聴者とマリが驚きをあらわにする中、新たに通話に参加した三人目の人物が、この場に集った面々に向けて、挨拶を行った。

「……みなさん、こんばんは。飛び込みという形での参加になってしまい、本当に申し訳ありません……【CRE8】所属Vtuber、羊坂芽衣です」

【芽衣ちゃん？　え？　本物？】

【芽衣ちゃん来るなんて聞いてないんだけど⁉】

【事務所に話は通ってるの？　勝手にやって問題にならない？】

　この話題の中心人物であり、今最もその安否を気に掛けられている羊坂芽衣その人の唐突な登場に、コメント欄が全盛期の勢いを取り戻していく。

　そのどれもが困惑と驚きに満ちたものであり、そういったリスナーたち全員の代表として、マリが震える声で芽衣へと声をかけた。

「芽衣、ちゃん……？　今、入院してるはずじゃ……⁉」

「はい、私は昨晩緊急搬送され、病院のお世話になっています。体調面に関してはほぼ回復し、こうしてお話しできるまでになりました。今回はマリさんと蛇道さんが私の入院や放送事故に関しての話し合いを行うと聞き、病院側に特別に許可をいただいて、医療器具、及び業務に支障が出ない場所で通話をさせてもらっています」

「なんで、どうして……？　回復したとはいえ、まだ万全じゃないんでしょ？　だったら、もっとしっかり休みを取った方が――」

「……それはできません。今回の騒動と炎上は、自分自身の意見をはっきりと口に出せなかった私の弱さが招いた事態です。私がしっかりと疑惑を否定し、自分の口から語るべきことを語らなかったから、色んな人が傷付いたり、悲しんだりする事件が起きてしまいました。事態の収拾のために事務所のスタッフや同僚である蛇道さんが動いているというのに、私が黙って寝ているわけにはいきません。私は、この場に自らの責任を果たしに来ました」

普段の弱々しく、おどおどした雰囲気とは真逆の覚悟を決めた芽衣の、有栖の声に、マリもリスナーたちも息を呑んで彼女の様子を見守っている。

完全に回復したわけでもなく、降りかかる重圧に心を押し潰されそうになりながらも決意を固めた彼女は、深呼吸をした後に、全ての事情を語り始めた。

「まず最初に、今から私が話す内容に関しては、【CRE8】側からの許可を得た内容になっているということを念頭に置いてください。事務所の機密に関する部分を除き、限界まで説明をさせていただきたいと思います」

そんな前置きをした後で有栖が語った内容は、先の零の話を補強しつつ、そこで言及されていなかった部分を補足する内容であった。

今回の騒動の元凶である事務所や蛇道枢からの圧力に関しては、一切存在していないということを断言すると共に、自分と枢、そしてスタッフ間の関係は非常に良好であるということを付け加える。

事務所側から情報開示を許可された社員寮の存在にも言及し、配信中に零が駆けつけられたのはお互いにそこに住んでいるということと、自分の鍵のかけ忘れというミスのせいであったということもしっかりと話して、同棲疑惑や零が合い鍵を有しているという疑惑を完全に払拭してみせた。

　マリとの間に事務所が入ったことに関しても、何度もメッセージを送ってくる彼女に強く言えなかった自分が【CRE8】に相談した結果であったということもしっかりと説明する。

　ファンたちがマリから聞いていなかった情報に驚く中、マリは自分の口からではなく芽衣の口からその説明をさせてしまったことに関する羞恥と、自分自身が隠していた情報を暴かれたことに対する情けなさに俯き、完全に押し黙ってしまっていた。

　そして、最大のミステリーともいえる——どうして芽衣は枢とのコラボを望んだのか？——という部分に関しての話題になった時、芽衣は自分の持つ女性恐怖症という弱さを数万人の視聴者の前で告白した。

　過去のいじめや母親からの虐待といった個人を特定されかねない情報にはぼかしを入れながらも、最も重要な部分の告白を行った彼女の言葉には、リスナーたちも様々な反応を見せている。

　自分の責任を果たすために、これから先の未来を自分の手で切り開いていくために、己の失態と弱さを全て視聴者たちに告げ、謝罪と説明を行った彼女は、十数分に及ぶ独白を終えると静かにこの場に集まった全員へと締めの挨拶を口にした。

「……以上が、私、羊坂芽衣と【CRE8】が公開できる限りの今回の騒動に関する説明です。改めて……私の精神が脆弱であったせいで、リスナーをはじめとした多くの方々に迷惑をおかけしてしまったことを、深くお詫び申し上げます」

しーんと、零が話を終えた時以上の静寂がこの場を包む。

今度こそ、完全に全ての疑問に対しての答えが出され、何が原因であったのかも判明した今、リスナーたちの反応は配信が始まった時とはうってかわったお通夜のような状態になっていた。

【CRE8も蛇道も本当に何も悪くなかったんだな……なんかもう、本当にごめんなさいとしか言えないや】

【俺たちがデマに踊らされて芽衣ちゃんの配信に押し寄せたことが、今回の騒動の引き金だったんだね……】

【白状します。俺、SNSとかネットの掲示板とかに蛇道とCRE8の悪口書きまくりました。悪いのは全部あいつらだって思い込んでて、自分が何をしたのかをわかってませんでした。本当にごめんなさい。ごめんなさい……】

冷静になって、一歩退いて……そうやって、自分たちの行動を顧みることができれば、真に悪かったのは誰だったのかなんて簡単に理解することができる。

嫌いな相手を叩けるという喜びに、周囲の人間も騒いでいるから自分も乗ろうという熱狂に、全てを委ねていた彼らは、自らの過ちに気が付くと共に、謝罪のコメントを送り続けていた。

「……じゃあ、なに？　私が、芽衣ちゃんを守ろうとしてやってたことって、全部私の独りよがりだったたってこと？　私が牧草農家たちを扇動したせいで、芽衣ちゃんが追い込まれて……私は芽衣ちゃんを守るどころか、逆に苦しめてたってことじゃん……!?」

そして、ようやく全てを受け入れたマリもまた、後悔と絶望の呟きを漏らしていた。

あるべき姿に、迎えるべき決着に、配信が始まった頃の強気な態度はどこに消えたのかと思わせる程のか弱さを見せた彼女は、涙交じりの声で謝罪の言葉を繰り返す。

「ごめんなさい……全部、私が悪かったんです。ネットで拾った情報を鵜呑みにして、事務所からコラボを断られたことでかっとなっちゃって、勢いのまま行動しちゃって……まさか、こんなことになるなんて思ってもみなかった！　私のやってることは正しくて、これで芽衣ちゃんを助けられるんだって、そう本気で信じ込んでたから……！　自分のせいで芽衣ちゃんが苦しんでるだなんて、気が付かなかったんだよ……」

「……わかっています、マリさん。本当は私も、こんな私のことを好きになってくれたあなたに感謝して、全てを許してあげたい……でも、どうしても一つだけ、私があなたを許せない点があります」

「……そう、だよね。うん、そうだ……多分、芽衣ちゃんが許せないって思ってるところ、私にもわかるよ。そうだね、そうだ……これぱっかりは、擁護できる部分じゃないもんね……」

自分はあれだけのことをしたというのに、許せない点はたった一つだけなのかと、芽衣の優しさに驚きつつも、その唯一許せない悪行の答えに気付いてもいたマリは、PCの前で泣き笑いの表情を浮かべながら自分に言い聞かせるようにして呟く。

そして、一度大きく息を吸い、肺から全ての空気を吐き出すと……自身が犯した最大の悪行について、詫びなければならない人物へと謝罪の言葉を口にした。

「蛇道枢さん、この度は本当に申し訳ありませんでした。私は、今回の騒動を利用して、あなたを【CRE8】から排除しようと思っていました。大好きだったはずの芽衣ちゃんを、私を応援してくれる牧草農家たちを、Vtuberが好きなみんなを利用して、嫌いなあなたを消してやろうって、そんな悪意に満ちた行動を取っていました……！ 悪気がなかったなんて、口が裂けても言えません。許してくださいとも言うわけにはいきません。ただ、裏切って、利用して、傷つけて……その一番の被害者であるあなたに、まず謝罪させてください。本当にごめんなさい。ごめん、なさい……‼」

嗚咽交じりのその言葉には、マリの本心が表れている。

自分が好きであったはずの人を、自分を好きでいてくれる人たちを、何もかもを利用し、裏切って、蛇道枢を消そうとした自分の中にあった悪意を認めた彼女は、零と、有栖と、リスナーたち全員に謝罪の言葉を繰り返し続けた。

そんな彼女に対して、零も有栖も何も言葉をかけることはしない。

これはもう、自分たちが簡単に許すと言ってしまえるほど、小さな問題ではないから。

ここで言葉だけの赦(ゆる)しを与えたところで、マリが救われることは決してない。

彼女が本当に後悔し、自分の行いを反省しているというのなら、その姿勢を今後の活動で見せていくしかないのだ。

結果は、自(おの)ずとついてくる。

完全なるアウェーの状態から全てを逆転させた零が真実を明るみにしてこの騒動に一応の決着をつけたように、本気の行動によって周囲を納得させていくしかない。

それがどんなに困難な道かは、零も有栖も身をもって経験していた。

だからこそ、この場ではあえて何も言わず、自分たちが乗り越えた苦難をマリもまた乗り越えることを期待して、ただ静観することに決めたのである。

憔悴しているマリと入院中である有栖を気遣った零が、二人に代わって配信の締めの挨拶を担当する。

「……今回の騒動は、Vtuberに限らず、インターネットに触れる全ての人々に何か気付きをもたらすことになったのではないでしょうか？　簡単に情報を受け取り、逆に発信することができるネットの世界だからこそ、自分の言葉がどういった形で相手に受け止められるのか？　それがどんな顚末となるのか？　ということを、誰もが考えなければならないのではないでしょうか？　……この配信を観た皆さんが、何か一つでも教訓を得てくだされば、我々としてもこうして公の場に立った甲斐があったと思えます」

目の前に人が存在していないからこそ、簡単に特定の個人に対する誹謗中傷や悪質なデマを発信することができるインターネットの恐ろしさと、ネットに蔓延る情報の取捨選択に対する難しさが折り重なって起きたこの騒動についての感想を口にした零は、一呼吸置くと共にリスナーたちへと別れの言葉を口にした。

「……本日の配信はここまでとなります。長い時間、我々の話を聞いてくださって、ありがとうございました」

PCの前で頭を下げたとしても、二次元の立ち絵である蛇道枢はその動きを読み取ることはない。

　それでも、様々な感情を入り混じらせた心を抱く零は、深々と頭を下げざるを得なかった。

　配信の管理を担当しているマリが動画を切ってからも、コメント欄には多くの人が残り続けたようだ。

　それから暫く経って、ようやく全てを終わらせた実感を覚え始めた零は、大きくため息をつきながら椅子の背もたれへと寄り掛かる。

　先日のコラボ提案から始まった、一週間にも満たない期間の騒動も、これで一応の決着がついたと言えるだろう。

　零にとって、Vtuber蛇道枢にとって、大きな意味を持つ、この長い長い数日間の物語が、ようやく終わりを迎えようとしていた。


　羊坂芽衣の配信で起きた放送事故、及びそれを発端とした蛇道枢と【CRE8】の炎上、そしてそれら全ての真相を究明するに至ったアルパ・マリの配信が行われてから十日が過ぎた。

　零はマリの配信での行き過ぎた言動へのペナルティとして、有栖は体調を回復するための休息として、その期間を配信せずに過ごした二人の周囲では、十日という短い間にも様々な出来事が起き続けている。

まずは、予定されていた二期生コラボ。

芽衣と枢という二人を欠いたコラボながらも予定通りに実行されたその配信は、良くも悪くも注目を浴びてしまっている中でも荒れることなく無事に終わりを迎えることができたようだ。

ファンたちも二人が参加できなかったことを残念に思いながらも、次こそは本当の二期生コラボが行われることを待っていると、芽衣と枢の復帰を待ち侘びている発言を多く残し、炎上の余波が残っていないことが証明できたことはこのコラボにおける大きな収穫だったかもしれない。

次いで、広まったデマについて。

配信こそ休んでいるものの、取り急ぎ今回の事件の概要と原因、誤情報についての訂正を纏めた動画を芽衣が自身のチャンネルにアップし、加えて【CRE8】もSNSや公式サイト等で同じ情報を開示したことで、概ねその誤解も解消されつつある。

アンチの中には「これは自分たちの失態を隠すために【CRE8】が嘘をついているんだ！」という声を上げる者もいたが、先日の配信において零が述べた、声を上げる者としての責任と情報をどう受け止め、発信するか？　という話が切り抜き動画として広まった結果、確かなソースもないのに騒ぐことの愚かしさを突き付けられたアンチたちは、ＳＮＳのアカウントや自身のチャンネルを削除するなりして逃亡し、その声も消えつつあった。

そして、最後。今回の事件を引き起こすことになった、アルパ・マリについて。

騒動の引き金となった動画を削除し、ＳＮＳや自身のチャンネルで謝罪動画を投稿した彼女は、全面的に自分の非を認め、【ＣＲＥ８】や今回の事件に巻き込んでしまった人々に真摯な謝罪を行った。

当然のことながら、その程度の反省では推しを傷付けられたファンたちが納得するはずもなく、蛇道枢に代わって炎上することとなった彼女のチャンネル登録者は半分以下にまで減り、様々な批判コメントが殺到している状況だ。

それでも、マリはそれらのコメントは自分が犯した過ちの結果であるとして真っ向から受け止めると共に、長きにわたっての贖罪を行っていく決意を表明している。

多くの人々が離れ、随分と寂しい状況になってしまったマリだが、牧草農家たちの中にはそんな彼女を応援する者も確かに残っていた。

落ち目の時にこそ応援するのが本物のファン……どこかの漫画で聞いたようなその

台詞（せりふ）を合言葉に、再出発を図ろうとするマリを見守る者たちがいる限り、彼女はもう二度と、同じ失敗を繰り返したりはしないだろう。

【ＣＲＥ８】側もそんな彼女に対して訴訟等の重い対策は取らず、所属Ｖｔｕｂｅｒとの共演ＮＧを言い渡すのみの罰則にとどめている。

いつか、この騒動と炎上の余波が完全に収まり、新しいスタートを切ったマリが真の意味で生まれ変わることができたのなら、きっとこの罰則も解除されることだろう。

その時こそがこの事件の本当の終焉になるのだろうなと、何となくそんなことを思いながら、零はＰＣ画面に表示していたまとめサイトを閉じ、大きく伸びをした。

「んあ〜〜っ……！　あ〜、しんどっ！　退屈過ぎて逆にしんどいわ〜っ‼」

大声で、そんな独り言を一つ。

配信の自粛（じしゅく）を言い渡されていることでそれらに対する準備や企画等が全てストップしている零は、やることのない毎日に辟易としながら日々を過ごしている。

……まあ、そんな日々も今日で終わりだ。

本日は自粛を開始してから十一日目、自分と芽衣の休止が終わりを迎える日。

この日の復帰配信に備えてそれなりの準備をしていた零は、その最終確認をしている最中に送られてきた通知をクリックし、メッセージを開く。

【首尾はいかがでしょうか？　時間の変更はなしで大丈夫ですか？】

メッセージの送り主の名は羊坂芽衣。本日共に活動を再開する、大切な同僚。

復帰配信が待ち遠しくて仕方がない様子の彼女からの連絡に小さく笑みを浮かべながら、零はメッセージに対する返信を打ち込んでいった。

【大丈夫です。お互いに調整を重ねましたし、今回は万全の態勢で臨めそうですよ】

【良かった。また中止になったりしたら、笑えませんもんね】

返信に対して即座にまた返信を送ってくる有栖の反応についつい噴き出しつつ、仕事用のスマートフォンを見つめる零。

あの配信以降、過激な物言いに対して反感を抱いた蛇道枢アンチの活動が活発になったりもしたが、事務所と同僚、そしてファンのために炎上の矢面に立ち、全ての被害を一身に受け止めて誤解を解いたその姿勢に感銘を受けたとして、アンチからファンに転向した者も多く見受けられている。

男性Ｖｔｕｂｅｒの存在にも懐疑的だった【ＣＲＥ８】の箱推しファンたちの中にもこの騒動を契機に蛇道枢に対する色眼鏡を外した者も多いようで、十日前には三千名であった枢のチャンネル登録者数は、今やその十倍以上にまで膨れ上がっていた。

ようやくあんたの良さが認められ始めたのだと、薫子は言っていたが……当の本人である零には、いまいち自分が人気者になっている実感が湧いてこない。

だがしかし、送られてくるメッセージが暴言よりも復帰を待つ声の方が多くなっていることを見れば、嬉しさを感じることもまた事実だ。

そうした事情を鑑みつつ、蛇道枢がファンに受け入れられつつあることを確認した事務所は、改めて凍結されていた彼と羊坂芽衣とのコラボを復帰配信として行うことを二人へと提案した。

二つ返事で了承した有栖と、若干の不安を抱きつつも社長と同僚の勢いに押されてOKを出した零がSNS上でその配信の告知をしてみれば、数日前とはうってかわって、それを待ち望んでいたと口々に告げるファンたちのリプライが飛んで来たではないか。

【待ってた！　待ってたよ！】

【俺たちが馬鹿やったせいで潰れた芽衣ちゃんの夢が、やっと実現するんだな……!!】

【蛇道枢最強！　蛇道枢最強！】

そんな、歓喜の感情とネタを入り混じらせた反応を見て、零は呆れたような嬉しいような、複雑な気分を抱えながら一言呟く。

「やっぱ面倒くさいわ、Ｖｔｕｂｅｒって……」

そう口では言いながらも、どこか小気味良い気分を抱えながら、零は今夜のコラボへの最終確認を有栖と共に進めていくのであった。

エピローグ、へびつかい座は夢を見る

……現在時刻、午後八時五十九分。

夕食を終え、風呂にも入り、良い子は明日に備えてベッドの中で眠りに就くその時間に、一つの配信が始まった。

二人のＶｔｕｂｅｒ（ブイチューバー）が出演するその復帰&初コラボ配信に集まったファンの数は、およそ七万人。

二人のチャンネル登録者を合わせた数よりも多いその視聴者数が、彼らへの関心の高さを物語っているだろう。

配信が始まる前から、待機中のコメント欄には期待と彼らの登場を待ち侘びているファンたちの声が殺到している。

そして、時計の針が午後九時ジャストを指し示した瞬間、配信画面が切り替わり、視聴者たちの前に二人のＶｔｕｂｅｒが姿を現した。

「えっと……みなさん、こんばんめ～、です。【CRE8】所属Vtuber、羊坂芽衣と――」

「蛇道枢です。少し前の騒動を受け、配信の自粛を行っておりましたが、本日より活動を再開する運びとなりました。ご心配、ご迷惑をお掛けしてしまった皆さんに改めて謝罪すると共に、これからの活動に対する応援をお願い申し上げます」

ややぎこちない挨拶を行う二人だが、久々の邂逅に喜ぶファンたちはそんなことはまるで気にしていないようだ。

妙な騒動もなく、温かく自分たちを迎え入れてくれるリスナーたちに感謝しつつ、有栖が率先して今回の企画について説明を行う。

「それでですね。今回は、先日行われた二期生コラボに参加できなかったあぶれ者同士である私たちがですね、初コラボしつつ、初めてワレワレクラフトの【CRE8】サーバーに上陸しようという配信になっています。うぅ、言っててなんだか悲しくなってきました……」

「考えようによっちゃ、仲間がいて良かったって思えますけどね。一人でやることになったら、それこそ心がやられる」

「そうですね、そうだ……！　ぼっちで初探検とか建築とか、絶対にハートがブレイク

してましたよ。蛇道さんがいてくれて、本当に良かった……!!」

「俺も羊坂さんがいてくれて助かってますけどね。マジでこのゲームやったことないから、何すればいいのかが全くわからないんで」

「私も経験が浅いから詳しくは知らないんですが……そこはほら、配信を観ている視聴者さんたちに頼るということでいきましょう！」

「そうっすね。そんじゃお前ら、よろしく頼むぞ～！　……あ、でも命令とか指示厨みたいな真似は止めてくれよ？　楽しく愉快な配信を合言葉にやっていこうぜ！　ってことで、よろしくぅ!!」

【りょ～か～い！　困ったら何でも聞いてね！】

【とりあえず鯖に誰がいるかは知りたいな。ベッドの必要性があるかないか判断できるし】

【適当に探検して、先輩たちが作った建築物見るだけでも面白いと思うから、まったり楽しんでいこうぜ～！】

非常に緩やかで、穏やかな雰囲気が漂う配信。

ほんの二、三週間前までは考えられなかった、それっぽい活動をしている自分自身に驚きつつ、零は有栖へとゲーム開始の合図を送る。

「んじゃ、そろそろ始めましょうか。リスポーン地点は設定してもらってるから、開幕はぐれるとかの心配はないでしょうし――」

「あ、あの、蛇道さん！　一つ、提案があるんです、けど……」

「……はい？　なんですか？」

カチカチとマウスをクリックして設定を確認していた零は、台本になかった有栖の発言に驚きながら彼女の提案に耳を傾ける。

暫し、あわあわと落ち着きなく視線を泳がせ、口をぱくつかせていた有栖は、意を決して彼へと自身の要望を口にした。

「あの、その……敬語、止めませんか？　私たち同期ですし、いつまでも丁寧語で話すのって違和感があるんじゃない、かと、思い、まして……」

後半に行くにつれて段々と聞こえなくなっていくか細い声でそう告げた有栖が、画面の向こうで上目遣いをして零を見つめる。

画面に表示されるかわいらしい羊坂芽衣の姿に多くのリスナーたちがＫＯされる中、無自覚ながらもトドメを刺さん勢いで、彼女は零へと確認の言葉を発した。

「駄目……でしょうか……？」

「……いや、そっちの方が俺も助かるっていうか、いつボロが出るか心配だったんで……むしろ大歓迎、みたいな？」

「ホント⁉　ああ、良かったぁ……！　じゃ、じゃあ、ここからは敬語抜きで！　よ、よろしくね！　えっと……枢、くん？」

「こっちこそよろしく。あ〜、その……芽衣、ちゃん？」

【……なんだこの甘酸っぱい雰囲気。まるで付き合いたてのカップルを見ているようだ……‼】

【これがてぇてぇってやつなんですね、わかります】

【みんな知ってるか？　こういう奴らが交尾するんだよ】

【いきなり名前呼びとか、芽衣ちゃんって結構大胆なんだね！】

「えっ⁉　名前呼びって駄目だった⁉　私、友達少ないから人との距離感おかしくって……」

「あ、いや、俺は平気なんで、気にしないで。あとコメント欄、少し黙ってくれ。これ以上茶化されるとまた燃える気がする」

【蛇道枢伝統芸、炎上の舞】

「よし、お前はBANしてやるから覚悟しろ！　誰の炎上が伝統芸だって、おい⁉」

……とまあ、いい雰囲気を台無しにするような、逆にこの気恥ずかしさが紛らわせてくれるような視聴者からのコメントに全力で反応しつつ、配信を盛り上げる零。

そこからは同僚として、そして友人として、対等な関係性を築いた二人による初めてのゲーム配信がスタートし、リスナーたちからのコメントを頼りにしながら、零と有栖は自由度の高いゲームの世界を楽しんでいった。

「へぇ、最初は羊毛を取ってベッドを作った方がいいのか？　夜になると敵が出る……なるほどなぁ」

「羊毛……あっ！　羊見つけた！　ちょっとやっつけてくる‼　待てーっ‼」

「……ぎゃあ、自分殺し」

【羊が羊を殺してるｗｗｗ　確かに自分殺しだｗｗｗ】

【ドラ〇もんかよｗｗｗ】

【割と似てて草】

こんなふうに必要なツールを集めつつ、視聴者に初めて見せる意外な一面をお互いに発露させたり――

「うわぁ……⁉　こんなに大きな建物が作れちゃうんだね‼」

「え、これマジで先輩たちが作ったものなの？　こんなこともできるんだ……！」

「……これ壊したら、本気で洒落にならない炎上になりそうだね」

「芽衣ちゃん？　なんかさっきから発言が不穏じゃない？」

【やめろ（建前）やめろ（本音）】

【芽衣ちゃんのはっちゃけ具合から蛇道への信頼具合が見て取れるわ……（現実から目をそらしつつ）】

【芽衣ちゃんが楽しそうなのでオールＯＫです！】

先輩Ｖｔｕｂｅｒたちが作り上げた建築物を見学し、それを見た有栖の物騒な発言にリスナー共々戦々恐々としたり――

「お～……ここが噂の……」

「二期生のみんなが住むお家の建設予定地だね。今度こそ、私たちも一緒に参加して、一緒に配信しよう！」

「迷惑かけちゃったのに、気遣ってもらえるのは嬉しいな……会った時、ちゃんとお礼言っておかないとなぁ……」

【二期生コラボ、面白かったよ！　でも二人が参加すれば、もっと面白くなるよ‼】

【俺たちもその日を待ってる。応援してるから、頑張って！】

【枢ハーレム状態じゃん、炎上待ったなしだな】

「……そういう怖いこと言うの止めてくれ。本気で洒落にならねえんだって！」

先日の二期生コラボの名残である跡地を見に行き、リスナーたちと共に今度こそ二期生全員での配信を行おうという決心を強めたりしていった。

そんなこんなで時間は過ぎ、さりとて終わる気配も見えない配信の時間は既に二時間を突破している。

高評価と視聴者の数は時間が経過するごとに増え続けており、それに比例して二人のチャンネル登録者も飛躍的に増加し続けていた。

「あ、夜きた。ベッド出して寝なきゃ」

「はいはい、夜ね。ベッドベッド、っと……!!」

そうして、ゲーム内で何度目かの夜を迎えた二人は、もはや慣れた手付きでマウスを操作し、就寝のためのベッドを並べて設置した。

敵と遭遇する前にとっとと夜を明かそうと素早く設置したベッドを使用し、寝転ぶ二人であったが……どうしてだか、先程までと違って、時間がスキップされる様子がない。

「あれ？　スキップされないぞ？　なんかのバグか？」

「誰かがログインしてるのかも。まあ、敵も見当たらないし、少しこのままでもいいんじゃない？」

「……そう？　まあ、芽衣ちゃんがそう言うのならいいか」

一応状況を確認しつつ、問題無さそうであると判断した零が有栖の意見に同意する。

そのまま並んでゲーム内の夜空とそこに浮かぶ星を二人で眺めていると、不意に有栖がこんな話をし始めた。

「知ってる？　私たちのモデルにもなってる黄道十二星座って、本当はへびつかい座も加えて十三星座なんだって。なのにへびつかい座だけ弾かれちゃって、なんだかかわいそうだよね」

「あ〜、なんか聞いたことあるな。確かへびつかい座が黄道……太陽の通り道にかかってたのが一時的だったから排除されたんじゃなかったっけ？」

「ううん、違うよ。へびつかい座は今も昔もずっと、他の星座と同じで太陽の通り道に入ってるの。でも、最初に星座占いを考えた人たちがへびつかい座を無視して黄道十二星座って形にしちゃったから、今もその形が伝わってるんだって」

「へぇ〜、それだとなおさらへびつかい座がかわいそうだな。ずっとそこに存在してるのに、誰からも見向きもされないだなんてさ」

「そうだね。でも、へびつかい座を星座占いに加えようよって提案する人も出てきてるし、最近は創作の舞台でもへびつかい座は黄道十二星座と肩を並べる存在として認知されるようにもなってきてるよね。へびつかい座は何も変わってないのに、周りの人たちの見る目が変わって、沢山の人たちにその存在を認知されるようになった……これって、誰かに似てるって思わない？」

そう愉快気（ゆかいげ）に語る有栖の声が、きらきらと輝く芽衣の瞳が、彼女の言う人物を物語っている。

リスナーたちからすれば、これまで変わらず自分を貫き通した蛇道枢の話をしているように聞こえるだろう。

しかし、その魂である零の境遇を知っている有栖は、枢と零、二人のことを纏めてへびつかい座に例えているのだ。

これまでずっと、零は家族から迫害され、存在しないものとして扱われてきた。

その果てに家から追い出され、流れ着いたＶｔｕｂｅｒ界、【ＣＲＥ８】の中でも叩かれ続け、存在を認められずに今日まで生きてきた。

だが……今、彼は確かに、ここに存在している。

誰かの夢に、弱さに寄り添い、それを守ろうと動いたことで、その弱さと夢もまた、彼に寄り添ってくれるようになった。

人は、一人では寄り添うことはできない。誰かと共にあることで、初めてその存在を認知され、孤独ではなくなる。

零が有栖の弱さに寄り添ったように、有栖もまた零の弱さと孤独に寄り添うことになり、そうして初めて、彼は確かな存在意義を二つの世界で見い出すことができた。

「……私の夢は、強い自分になること。苦労も困難も乗り越えて、私を応援してくれる沢山の人の前で、人間は変われるってことを証明してみせること。それが、私のＶｔｕｂｅｒ活動を通しての目標。枢くんはその夢を応援してくれている。だから、私も枢くんの夢を応援するよ！」

「俺の夢、ねぇ……？」

「うん！　……ねえ、教えて。枢くんは、この世界で何をしたいの？」

これまでずっと考えてこなかった自分の夢を、目標を、有栖の言葉を受けて考え始める零。

ＰＣの前で瞳を閉じ、同じように目を閉じた蛇道枢のアバターと共にその答えを模索した彼は、小さく微笑むと共にひとまずの答えを口にする。

「はっきり、これがしたいってことはまだ見つからねえや。でも、そうだな……強いて挙げるとするなら、自分がここにいるって証明をしたい、かな？」

「証明？　自分の存在の？」

「ああ。今まで俺は、何処にもいなかった。見てもらえなかった。でも、俺は確かにここに……この世界に存在しているんだ。だからこそ、俺はいつか、自分に胸を張って言えるようになりたい。俺はここにいるぞ、ってな……」

阿久津零は、阿久津零として現実の世界に存在している。

そして、蛇道枢としてバーチャルの世界にも存在している。

今はまだ、自分のことを認知している人間は少ないかもしれない。

それこそへびつかい座のように、存在を知っていても正しくその情報を認知している人間はほんの僅かなのだろう。

でも、だからこそ……いつか、自分の存在をこの広い二つの世界で証明してみせたい。

そして、自分を応援してくれる人たちの前で、堂々と叫ぶのだ。

俺はここにいる……と。

「何をすればいいのかはわからないし、ざっくりとした目標なんだけどな。チャンネル登録者数を増やすだけじゃあ意味無いと思うし、何となくの夢だからねぇ」

「でも、夢は夢だよ。私は枢くんのその夢を応援する。とりあえず……今、へびつかい座は、おひつじ座の隣に確かに存在してて、一緒に輝いてるってことで……いいでしょ？」

「……いいね。悪くない……っていうより、最高かな？」

ポリゴンで表現される世界に合わせた、ワレワレクラフト用のスキンを纏った有栖のキャラクター。

零の目には、自分の隣のベッドに寝転がる彼女の姿が、微笑む有栖の姿に見えていた。

瞬（またた）く満天の夜空を見上げながらの会話が一区切りしたことを見計らったかのように
ゲーム内の時間が過ぎ、太陽が昇る朝が訪れる。

ベッドから起き、それを片付けた零は、有栖との会話に夢中になっていたせいで拾えなかったコメントへと視線を向け、その反応を楽しもうとしたのだが……そこが妙な雰囲気になっていることに気が付き、口の端を吊り上げた。

【いい話だな、感動的だ。だが蛇道、残念ながら炎上だぞ】

【見逃してやりたいけど無理だな～……】

「は？　え、なに？　炎上？　俺、何かやったのか⁉」

「あ、あれ？　なんか、こっちも、コメントの雲行きが……？」

どうしてだかわからないが、コメントが妙に荒れている。

物騒なコメントが流れ始めたのは蛇道枢の配信だけではなく、羊坂芽衣の方も同じようだ。

いったい、何が悪かったのか？　その答えがわからずに呆然とする零であったが……

とある視聴者のコメントを目にして、素っ頓狂な叫びを上げた。

【ベッド二つ並べて寝るな、馬鹿！　ガチ恋勢が嫉妬不可避だろうが‼】

「は、はぁ⁉　べ、ベッドの並べ方ぁ⁉　おいおい、マジでそれが原因なのか⁉」

【マジ、大マジ。他の箱では滅茶苦茶気を使う部分】

【ダブルベッドで同衾とか、実質エッッしたようなもんだからな】

【ガチ恋勢の俺としてはブチギレが止まらねえぜ。よくも俺の枢と一緒のベッドで寝やがったな、羊坂芽衣……‼】

【ガチホモ兄貴いてワロタｗｗｗ　まあ、そんなわけだから諦めて炎上してくれ、枢ｗｗｗ】

「……おい、おいおいおい、おいおいおいおいおいおい⁉　ゲームの中の話だぞ⁉　たかがそんだけで炎上するのかよ⁉」

「あ、あはははは……みたい、だね……」

諦めたような笑いをあげる有栖の声を耳にしながら、一気に加速するコメント欄を見ながら……信じられない、といった様子で零は叫ぶ。

こんなくだらないことで炎上して、感動的な雰囲気が全部台無しになって、またあの嫉妬や怒りが込められたメッセージが山のように来るのかと想像した彼は、眩暈を覚えると共に心の底から湧き上がった感情を、これまで何度も口にした言葉として叫んだ。

「やっぱり……Ｖｔｕｂｅｒって、めんどくせえええええぇっっ!!」

……配信終了後、リスナーたちからの杞憂マロ（※「杞憂かもしれませんが」として二人の仲や炎上を心配する匿名メッセージ）や嫉妬に駆られたメッセージ（半分は【お前は俺の物なんだから他の女と軽々しくそういうことをするな】というネタなのかガチなのかわからないものだった）が大量に送られてきた蛇道枢は、羊坂芽衣と共に復帰早々プチ炎上を経験することとなった。

まあ、これまでの洒落にならない炎上と比べれば大したことのない笑い話レベルのものなのだが、こんなくだらないことで火が付くＶｔｕｂｅｒ界隈の恐ろしさを改めて知った零は、送られて来るメッセージを読みながら大きなため息をこぼしたそうな。

――これはまだ、始まりの物語。

瞬く十二の星座に紛れた、忘れ去られた星々がその輝きと共に人々に存在を認められるまでを描いたお話の、ほんの序章。

時に怒り、時に哀しみ、お決まりの台詞を口走りながらも駆け抜けた男が、多くの人々から認められる星座となるまでの物語。

その日が訪れるのは、まだまだ先のこと。そこに辿り着くまで、彼は何度も躓き、転び、その度に何度でも立ち上がって、沢山の人の心を動かしながら前へと進んで行くことになるだろう。

面倒くさいと口にしながら、重苦しいため息を連発しながら、へびつかい座は満天の夜空で輝き続ける。

色とりどりに輝く星座たちの真ん中で、その光を浴び、その裏側にある闇と寄り添いながら、彼は叫んでいる。

俺はここにいる、確かに存在しているぞ、と。

Ｖｔｕｂｅｒ事務所【ＣＲＥ８】所属男性タレント、蛇道枢。魂の名は、阿久津零。

自らの夢を追い、誰かの夢に寄り添う彼の奮闘を、優しい輝きを放つへびつかい座が見守っていた。


本書は、２０２１年にカクヨムで実施された「第６回カクヨムＷｅｂ小説コンテスト」でキャラクター文芸部門特別賞を受賞した「Ｖｔｕｂｅｒってめんどくせえ！」を加筆修正したものです。

零や有栖が所属するVtuber事務所【CRE8】の代表にして、零の叔母。

所属タレントたちのデザインもほぼ彼女が担当している。

甥である零が家を追い出されたことを知り、彼を保護すると共に内に秘めた情熱に期待して彼をVtuberとしてスカウトした。

零のことをかわいがっており、最近彼が有栖ばかり構うようになったことを少しだけ寂しく思っている。

33歳、独身。現在進行形で恋人募集中。

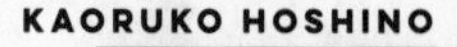

Vtuber name

零たちより少し早くデビューした個人勢Vtuber。

デビューから僅か一か月で個人勢とは思えない伸びっぷりを見せている期待の新星で、メインとサブチャンネル、二つ共に順調に登録者を増やしていた。

炎上後はファンが一気に減ってしまったが、現在は残ってくれたファンたちの応援を受けつつ、心を入れ替えて活動を行っている。

「くるめい」の尊さに脳を焼かれた結果、NTRものの良さに目覚めてしまった。

Characters

REI AKUTSU
阿久津 零

へびつかい座をモチーフとしたVtuberとその中の人。
今回の炎上をきっかけに「誰かの夢を応援する」ことと「自分自身の存在を証明する」という夢を抱き、精力的に活動するようになった。彼の人柄の良さを知ったファンたちもこれまでの扱いを反省し、時にネタにしながらも全力で声援を送っている。
有栖(芽衣)とはお互いの夢を応援し合うと共に、同期、友人、そして(恋愛感情抜きで)大切な存在として想い合う間柄。

Characters

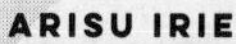

ARISU IRIE

入江 有栖

羊坂 芽衣

MEI HITSUJIZAKA

Vtuber name

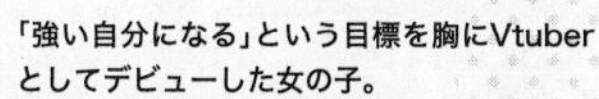

「強い自分になる」という目標を胸にVtuberとしてデビューした女の子。
モチーフはおひつじ座で、小さくかわいらしい容姿と保護欲をそそる雰囲気が特徴的。
零(枢)とは良き友人として彼が作った料理をお裾分けしてもらったり、Vtuberとしてコラボ配信をするなど、公私を共にすることが多くなった模様。
ファンたちもそんな二人のことを「くるめい」としてカップリングし、尊さを感じながら見守っている。

あとがき

この本を手に取ってくださり、本当にありがとうございます。著者の烏丸英（からすまえい）です。

僕がＶｔｕｂｅｒを見始めたきっかけは、数年前に入院したことでした。予想外の事態が発生して思っていたよりも入院期間が延び、暇で仕方がなかった時にたまたま切り抜きの動画を目にして……という感じです。入院の日々の中で感じていた不安と寂しさを紛らわせてくれた彼らには、心の底から感謝しています。そして、彼らの配信を観たり、応援する日常は無事に退院してからも変わりませんでした。

バーチャルだからこそ現実ではできないことができる。技術が進歩していけば、まだ誰も見たことがない面白いものが出来上がっていくんじゃないか……入院期間中に放送されていた報道番組でインタビューを受けていたとあるＶｔｕｂｅｒさんがそう語っていました。その人は今も活動を続けている、僕が一番好きなＶｔｕｂｅｒさんです。

その言葉の通り、Ｖｔｕｂｅｒ界隈（かいわい）は今でも様々な形での発展を見せ、飛躍を遂げ、そして多くの問題に直面してきました。時に本人の行動で、時に周囲の状況によって、時に悪質なデマによって……炎上し、叩かれ、それでも多くの声援を受けて再び立ち上がる彼ら彼女らの姿を、僕は幾度となく目にしてきました。華やかで煌びやかな表の顔も、醜く過酷な負の面も、僕はＶｔｕｂｅｒが持つその両方を愛し、そしてこれからも応援していくのでしょう。

願わくば、この小説を読んでくれた方がＶｔｕｂｅｒという存在に興味を持ち、視聴するきっかけを作れたらな、と思いながら物語を紡ぎ続けようと思っています。

僕が作ったキャラクターに形と色を与え、素敵なイラストを描いてくださったみこフライ先生。右も左もわからない新人の僕を導き、アドバイスをくださった担当編集さん。そして、カクヨムでこの小説を書き始めてから毎日応援してくださっている読者の皆さま。沢山の人たちに支えられ、背中を押してもらって、書籍化という夢を叶えることができました。本当に、本当に……皆さんには心の底から感謝しています。

最後になりましたが、ここまでこの小説を読んでくださったあなたにも感謝の気持ちを伝えさせてください。本当にありがとうございました。

よければこれからも零／枢や有栖／芽衣の夢を応援してくださると嬉しいです。これから先のＶｔｕｂｅｒ業界の発展を祈りつつ、あとがきを締めさせていただきます。

またお会いしましょう！　ありがとうございました！

烏丸　英

『Vtuberってめんどくせえ！』を
手に取っていただきありがとうございます!!

■ご意見、ご感想をお寄せください。
ファンレターの宛て先
〒102-8177　東京都千代田区富士見2-13-3　ファミ通文庫編集部
烏丸 英先生　　みこフライ先生

FB ファミ通文庫

Vtuber(ブイチユーバー)ってめんどくせえ！

1807

2022年3月30日　初版発行

◇◇◇

著　者　烏丸 英(からすま えい)
発行者　青柳昌行
発　行　株式会社KADOKAWA
〒102-8177 東京都千代田区富士見2-13-3
電話 0570-002-301（ナビダイヤル）
編集企画　ファミ通文庫編集部/ホビー書籍編集部
デザイン　一関麻衣子
写植・製版　株式会社スタジオ205プラス
印　刷　凸版印刷株式会社
製　本　凸版印刷株式会社

●お問い合わせ
https://www.kadokawa.co.jp/（「お問い合わせ」へお進みください）
※内容によっては、お答えできない場合があります。
※サポートは日本国内のみとさせていただきます。
※Japanese text only

ISBN978-4-04-736935-1 C0193

定価はカバーに表示してあります。